最受当代青年喜欢的
精致小品 | JINGZHI XIAOPIN

主编　张　放
编者　华　永　陈　洁　沈　培
　　　张永彦　陈莉嘉　凌　浩

羽笺随笔

百花文艺出版社
BAIHUA LITERATURE AND
ART PUBLISHING HOUSE

图书在版编目(CIP)数据

羽笺随笔 / 张放编. — 天津：百花文艺出版社，2011.1
（最受当代青年喜欢的精致小品）
ISBN 978-7-5306-5813-0

Ⅰ.①羽… Ⅱ.①张… Ⅲ.①散文—作品集—中国—当代 Ⅳ.①I267

中国版本图书馆 CIP 数据核字(2010)第 225665 号

百花文艺出版社出版发行
地址:天津市和平区西康路 35 号
邮编:300051
e-mail:bhpubl@public.tpt.tj.cn
http://www.bhpubl.com.cn
发行部电话:(022)23332651 邮购部电话:(022)23332478
全国新华书店经销
天津新华二印刷有限公司印刷
*
开本 880×1230 毫米 1/32 印张 8
2011 年 1 月第 1 版 2011 年 1 月第 1 次印刷
定价:16.80 元

阅读之美(代序)

汪惠仁

1

阅读是一生的事情。

和其他的消费活动一样，阅读发生的时候，也是“闲云潭影日悠悠，物换星移几度秋”——一切消费往根底里说，皆是对时间的消费。

但阅读是对时间的一种特别消费。阅读在时间之河中垂钓、打捞那些闪光的片段，它让我们时有“收获感”。这“收获感”增加了我们所占时间——即人生——的密度。

阅读是短暂人生的自我拯救——他让人生的每一个瞬间变得有情、变得睿智、变得丰盈。阅读，是平凡人生中对抗时间流逝的最简便易行的方法。

伴随着阅读的一生，便是无悔的一生，便是有质量的一生，便是了悟时间奥秘的一生。

2

阅读是一个人的事情。

阅读者在作品与浑茫的世事前，宛如客人。

孤寂感让阅读者寻找那些令人温暖和亲近的因素。夜深篱落一灯明——也许这盏灯早就亮在那里，在等着你去：白日的嘈杂与俗物掩埋了这盏灯的微弱亮光，而当夜幕降临，浮名淡远，你回到自己这里，你的眼睛也变得澄明，那盏召唤你的灯只为你闪烁。

阅读中到底发生了什么？是两颗心灵在互相证明。一开始可能是阅读者被吸引、被牵引、被导引；但后来，阅读者反客为主，他从作品中看到了自己，他要让作品成为自我人生的注脚。

阅读中，我们看到一个人，他得到滋养，他最终成为世界的解释者。也许，他原先会说，“无人信高洁，谁为表予心？”；但现在，因为阅读而成熟的他，不会这样说了。

3

阅读还可能是一个民族的事情。

具体的阅读当然是一个人的事情。阅读作为个人修为的一个门径，也当然是寂寞的事情。

但阅读的结局，不应该是“躲进小楼成一统”，也不应该是“还掩故园扉”。

宽阔的心灵利于阅读，阅读亦能塑造愈加宽阔的心灵。宽阔的心灵能放下关乎民族的事情。

城市的夜晚，溢彩流光。市政的照明工程和商业的霓虹工程成为夜晚最夺目的事物。统一的、庞大的规划及逐利的欲望在改变这一广袤大地上夜晚的自然属性，而越来越多的人们正愈发沉湎其中。

还有没有这样一盏灯，在这样繁华的夜晚，为阅读亮起？

——谁在这样的夜晚阅读，谁就在做着有益于民族的事情。

2010年10月10日

敬告作者

本书作品均曾在《散文》上发表，选入此书时，向各位作（译）者发函征询，多数作（译）者都有回复。因发刊时间久远，有些信函被退回。如相关作（译）者见到此书，请与百花文艺出版社联系，以奉上稿酬。不周之处敬请谅解。

目录 CONTENTS

大题小作(两则)

秋　耘

光明与黑暗

十九世纪英国批判现实主义作家狄更司在他的长篇小说《双城记》的开头写下了一段话:

> 这是最好的时候,这是最坏的时候;这是智慧的年代,这是愚蠢的年代;这是信仰的时期,这是怀疑的时期;这是光明的季节,这是黑暗的季节;这是希望之春,这是失望之冬;人们前面有着各样事物,人们前面一无所有;人们正在直登天堂,人们正在直下地狱……

我常常痛苦地沉思:狄更司这段意味深长的话,和我们这一代人所经历过的时代是颇有点相似的。我们经历过到处莺歌燕舞的大治之年,我们也经历过史无前例、骇人听闻的浩劫;我们分享过胜利的欢欣,我们也抵受过锥心的痛楚。

我想,假如有一部作品能够以艺术形式真实地再现出这个时代的风貌和特征,它的惊心动魄的程度恐怕也不下于甚至远超过《双城记》吧!可惜我们现在还没有这样一部作品;或者已经有了,而我们还无缘得见。

走向反面

人,有时是很容易走向反面的。每到功成名遂、身居高位之后,却往往会背弃自己早年坚信不渝的主义。有时口头上并不反对,但行动上却反其道而行之。

郑板桥有一首诗说得很好:

历览名臣与佞臣,
读书同慕古贤人。
乌纱略戴心情改,
黄阁旋登面目新。……

郑板桥《历览》

这种变化似乎不仅限于封建士大夫,就拿革命志士来说,当年奋不顾身,赴汤蹈火,为推翻反动专制统治、打倒邪恶势力英勇斗争,而"一阔脸就变"者恐怕也不乏其人吧!当年宣誓为共产主义奋斗终身,南征北战,出生入死,今天却躺在"革命"的功劳簿上,夜夜梦魂萦绕"特权"的,恐怕也是不难找到的吧!安娜·路易斯·斯特朗在《斯大林时代》一书中写道:"权力是会腐蚀人的"。可谓一语破的,说穿了人为什么会走向反面的奥秘。

被敌人的糖衣炮弹打中了,固然会蜕化变质。被权力欲和特权思想腐蚀了,恐怕也同样会蜕化变质。安娜·路易斯·斯特朗这句名言,是值得每个革命者深思、并且引为座右铭的。

选自《散文》1980年第1期

名人不是“一举成名”的

晓　江

文艺史上固然有许多名家，但考察他们的成名史，却很少有“一举成名”的。

被誉为“短篇小说之王”的莫泊桑，年轻时曾拜福楼拜为师。他写诗歌、剧本，也写中篇小说、短篇小说。可是，这些东西到了老师手里，几乎全部都通不过。福楼拜劝他踏踏实实地从观察社会的基本方法入手，去认真刻画一百个不同的人物面貌，并把他们各自的特点写出来。莫泊桑努力这样去做，经过一次又一次的磨炼，后来才获得成功。

写了《约翰·克利斯朵夫》的罗曼·罗兰，第一篇小说《童年的恋爱》，遭到当时一位权威批评家的否定，一时气得他把原稿撕得粉碎。但他并没有灰心，继续坚持写作，最后才成为世界闻名的大作家。

伟大批判现实主义作家巴尔扎克，年轻时决心弃法从文时，父母亲不同意，只允许给他两年试验期，看他能不能写出东西。巴尔扎克把自己关在一间又脏又破的房子里，昼夜伏在桌子上，奋战了几个月，写了一部《克伦威尔》的悲剧。他兴冲冲地跑回家里，对家人和几位朋友朗读他的剧本。但他滔滔不绝地念了三四个小时，听的人却几乎都要睡着了。不用说，这个悲剧失败了。可是，他也没有泄气，在此后二十多年的创作生涯中，终于为人间留下了《人间喜剧》这样的名作。

要讲这样的事情，真是“举不胜举”。果戈理的处女作，曾受到批评家的非难和嘲讽，莫里哀的最新演出，曾受到人们的歧视和凌辱……他们都不是“一举成名”的；相反，在“成名”以前，都经历了无数次的失败。但是，这些“名家”的可贵，是在失败面前，并不失望，而是从失败中吸取教训，“吃一堑，长一智”，使失败转化为成功。这说明，要成功，就要经得住失败；经得住失败，是通向成功的必经桥梁。俗话说：“失败是成功之母”。“成功”这一骄子，正是在“失败”这一母胎中孕育出来的。

这种只有经过摔跤而后学会走路，经过失败而后获得成功的情况，说明人们认识和掌握客观规律，都有一个过程。拿对文艺创作规律来说，要真正做到“从心所欲不逾矩”，即获得成功，除了在认识上，对它有一个逐步从不知到知，从不完全的知、不确切的知，到比较完全、比较确切的知的过程，在实际掌握上，更有一个思想水平不断上升、生活积累不断增加、艺术技巧不断提高的过程。这些过程都不可能是“一蹴而就”的。因此，征途上的一个个失败和曲折，正是通向成功和胜利的一个个阶梯。谁如果从根本上拒绝失败和曲折，谁也就在实际上拒绝了成功和胜利。巴尔扎克、罗曼·罗兰等人最后的成功和胜利，正是他们正视失败和曲折，没有指望“一举成名”的结果。据说，莫泊桑在福楼拜的指点下，写了一稿又一稿，稿纸叠起来有近一人高，才终于写出了《羊脂球》这样的名作，震动了文坛。这当中的历程，不仅不是“一举”，恐怕该有十“举”、百“举”以至千“举”吧！

辛弃疾有句：“众里寻它千百度。蓦然回首，那人却在，灯火阑珊处。”如果把“它”当作成功、成名来看，那么，要追求

“它”，只有不怕挫折，不怕困难，“众里寻它千百度”，然后才能在“灯火阑珊处”找到。没有“寻它千百度”的执拗，决不会赢来“蓦然回首”的喜悦。这也是艺术大师们提供的一条带有规律性的艺术经验吧！

选自《散文》1980年第2期

思维的花朵

金　马

人们都说礼花美，岂知那礼花正是思维着的精神在喷金流翠；谁个不赞叹艺术百花美，岂知那艺术的百花，正是思维着的精神孕育出美的天使，反过来却又把人们陶醉。

然而，正是这自我陶醉，却使有的人英英升华；有的人昏昏颓废……

愿君思维育奇花，花魂一醉一陶然，而在陶然之中，又要千万保持着心智的清醒，谨防人为制造的思维冰川，冻结神州大地的地脉山灵。

思维着的精神总是和圣洁的劳动同时诞生，思维的花朵总是与人类的文明同株共存。

皑皑千里的自然冰川并不可怕，人为制造的思维冰川却令人颤栗，试想人类的祖先——敢于进化的猴儿们，如果造物主只恩准猴头们可以具有思维着的精神，自由开放思维的花朵，其余猴国子民们只准啃一啃这孤独一枝所结之瘦果，世上能有从猿到人的群体转化么？

马克思说过：科学的历史，就是由新的、荒诞性日益减少着的荒谬思想，取代、排除显然更为荒谬思想的历史。可是古往今来，那些妄图垄断思维、扼杀智慧的魔鬼们，制造了多少次思维的荒漠啊，他们以最残酷的手段，维护着日见荒诞的荒谬思想的金字塔，却不准人们营建由思维的奇花异果装点而成的新型大厦。然而，思维着的精神是垄断不了的，思维的花朵是扼杀不了的，即使用荒谬的暴力，把它们粉碎成思维的“分子”、“原子”甚至“粒子”、“胶子”，它们也依然带着生命的欢乐，渗透进一切活跃着的精神王国和物质世界，以十倍的顽强活着！以百倍的韧性，在实践的园圃里生根，发芽，开花，结果。

这就是思维王国的宪法，这就是思维花朵的性格！

实践的园圃，是思维的花朵能够争奇斗艳不绝、新花层出不穷的唯一沃土，任何智慧的种子和思维的果实，都要在这块沃土上种下，像试种古莲子一样，看看它能不能扬起生命的绿波，抽出召唤春神的花蕾，结出营养人类的硕果？

盛开思维的花朵，是人之所以作为“人”存在的基本理由，是万物之灵灵性升华的唯一保证。亲爱的人们，起来，捍卫这具有定性意义的权利吧，它比捍卫肉体的存在要重要千百倍。

在历史的花坛上，一花独放，将意味着大倒退的悲哀，然而历史是欢乐、向前的，哪里会默许这大倒退的哀凄呢……

思维的花朵，以她无限的魅力，把地球打扮成太阳系独有的大花团，使得她在行星九姐妹中，无愧为唯一的一朵金花。

而巍巍震旦，思维的花朵，适逢仙雨甘露，正开得繁，开得艳，神采耀眼，莫非是要充当太阳系的金花，这宇宙女神的明眸么？

自然的花朵总会枯萎，而思维的花朵却永不萎谢，它将永远站在历史的枝头微笑！

选自《散文》1981年第2期

一个情种一台戏

金 马

一个人要活得灵灵有生气，总得怀着美美的心思，同各种泥古的假道学搏战，要把自己胎里带的、后天得的灵性、智慧、情愫、快感一股脑儿地倒出来，淋漓尽致地倒出来，即便遭了白眼也无大碍的。

“生命从世界得到资产，爱情使它得到价值。”（泰戈尔语）人，是爱情的产物，人，又必得借助爱情获得生命的价值，使人类文明进化的价值永不贬值。

但是，我们切莫把爱情理解得太狭隘了。

爱，是情种的灵魂；情，是哲学的本原。动物有本能（或许还可以有情绪，如猩猩之类）而无情感（这是大多数情绪心理学家的结论），故而它们没有哲味可言。人类怀着执著而又沉重的相思情，探索着物质的宇宙和精神的世界，于是，从多情的思维中抽缫出了绵绵不尽的哲学理念，从而也剥脱着自身动物的气味。

所谓情种，须有博大的爱情。这是一种广义的、具有拥抱一切有益于人类的生命现象和物质运动的爱情，是包容人类一切有益的创造和智慧的爱情，是与大自然及人类社会热切交往的爱情，是试图以自身的生命活力和精神风貌去愉悦、去充实、去完善、去温馨世界的爱情，是脱离了低级趣味、光明磊落、崇高纯美的爱情。所以，具有这种博大爱情品格的人，他们是情种，他们是特别富于哲味、人味儿的情感智慧之种，是能诱发人的一切善良、美质、情致、纯爱萌生的绿色之种。

由于须有博大的爱情，从而也拥有了广阔而深邃的情感空间，拥有了令情感自如回旋的余地。博大的爱的辐射，总是会引来博大的爱的反馈，这是对人生的一种无比强大的支撑力和启动力，往往有助于人生处于高能、高效的姿态。这样的人，即使在狭义的爱的追求方面遭遇了不幸，其追求纯爱的热焰也依然不会熄灭，因为有博大的爱的反馈充当助燃的热源，他们总是更有望获得美满的爱情硕果。

情种，是人类文明的哲学造型。它是人类世界多情的注塑机，它能为有机世界及无机世界染上人类精神的色彩，注入人类情感的气味，以抗御“文明”带来的损害，“进步”带来的灾难（如毁林造地，原子能之用于制造原子弹），以有助于使人类文明、进步，脱离无情、无义的纯功利倾向，有助于使人类创造并发展多情、浪漫而又不失其高尚、理智的情感世界。

浪漫气质既是情种的精神造型，又是人的本质特征。只是人类在精神苦难的漫长历程中，它几乎被销蚀殆尽了。人的浪漫气质，是爱的哲味赖以派生的源流。人的浪漫气质少了，原始化的肉欲就不免多了，人间真正意义的情种就会少了。浪漫气质的贫乏，是情感系统的一种残废，是人生姿态的一种失利，是精神风貌的一种枯萎，是爱的魅力的一种败笔！

让世间出生的每一个人，其性、其情活泼泼地发生，舒展展地活着，采撷一切文明的激素，使其成长为一个其质也独特、其貌也别具一格的情种——为世界增添一个又一个美思、美情、美智皆佳的人，为人间开辟一处又一处崭新的人文景观，该是人类文明进化的大幸，亦是人类情感世界的福祉。

一个情种一台戏。但愿这样的戏台有50亿……

选自《散文》1988年第12期

短文章是“逼”出来的

曾烟帆

说起来是老生常谈了，文章要尽可能写得短些，再短些——许多作家和读者提过这个要求，郭老还曾为此大声疾呼。可惜事过境迁，近年来文章越写越长，呼声得不到响应，慢慢地减弱下去，终至“渐行渐远渐无声”了。

但读者们自有一种无声而有力的抵制法，那就是：不看。

笔者有个向来爱读散文的朋友，最近也加入了“不看”派。他说：“读时下流行的长散文，像陶渊明那样‘欣然忘食’的时候并不多，却常常产生三种心理：一是怕，一看那么长，非半小时不能卒读，就不敢看；二是耐——还得耐心看下去，倘若这是篇情文并茂的佳作呢，失之交臂，岂不可惜！三是悔，读完后掩卷回想，印象模糊，又觉得有点懊恼。这样反复多次，后来见到长文章，就不分良莠，索性都跳过不看了。”这段话尽管有点偏激，却也发人深思，那些为“散文的厄运”深感惶惑的同志，可以在这里找到一部分答案。

于是想到了古文。古文很讲究炼意炼字，篇幅一般都比较短小，所谓“精腴简奥，乃文之上品。”《古文观止》二百多篇，大都立论精辟，意赅言简。韩愈的《杂说四》只有151字。刘禹锡的《陋室铭》更短，81字。最长的是司马迁的《报任少卿书》，也不过2500字。先秦的文章尤其精炼，那原因大概如孙矿《与李于田论文书》中所说："汗青刻简，为力不易，非千锤百炼，度必不朽，岂轻以灾竹木？"章学诚《乙卯札记》中也说："古人作书，……繁重不胜，是以文词简严，取足达意而已。"可见最早的短文章是"逼"出来的。后来蔚为风气，虽然发明了文房四宝，无"汗青刻简"之劳，也都避长趋短了。

现代人使用的文具远比古人便利，加上作者生活丰富，知识爆炸，浩浩荡荡的文思胜过"韩潮苏海"，于是下笔数千言就成了常事。但是，看看一般近代名家的范文，却也不长。朱自清的《匆匆》和《荷塘月色》，都不过千把字。《背影》写父子深情，若教俗手动笔，至少得缕述三五个感人事例，夹叙夹抒，缠绵委婉，非三数千言莫办；而朱自清只选取父亲怀抱橘子爬月台这个典型情节，写成千二百字的一篇短文，给读者的印象特别深刻。偶尔也见长的，如《桨声灯影里的秦淮河》，那是因为题目大，势所不得不然；但长中见短，作者也只写了一个晚上跟友人偕游河上的情景和感受，没有扯到扯不完的金粉故事上去，跟长而冗者绝不相侔。"动人春色不须多"，多了就不动人了。名家懂得这点文章三昧，所以选材时斟酌淘汰，精中取精，标准特别严格。这也是一种"逼"——逼自己精选素材，宁少毋滥。

名家还有一种自逼自的功夫，那就是反复锤炼词章，使之高度紧缩。美国诗人艾兹拉·庞德写过一首题名《在一个地铁车站》的诗，只有两句："人群中这些面孔幽灵一般显现，湿漉漉的黑色枝条上的许多花瓣"，象征丑恶的社会中也有些美好的现象在，意象含蓄，颇能引人联想。据说原作长达三十行，他在一年中逼自己改了两次，最后浓缩成两行。我们有些作者恰正相反，喜欢随意敷陈，短话长说，写完后又急图发表，不耐推敲，内容芜杂，又加文字累赘，那怎么能怪人家不要看呢？

除了自己逼自己，编辑们也要给作者施加一点“逼”功。目前计字付酬的办法可否也调整一下，那实际上在鼓励大家写长文章。有些刊物好像看不起千字文，这口胃也得变一变。编辑乐于发短文，对作者既是引，也是逼。遇到那些可缩性很大的长文章，弃之可惜，用又不宜，但也有办法对付。笔者读中学时有个国文教师，他收到洋洋十数页的长作文，通常原封不动地发还给学生，另附批语一句：“请把原作压缩掉三分之一”，或是：“请改写一遍，字数控制在两千以内。”这办法看似偷懒，倒着实有点效果，逼我们不得不自执斧斤，咬牙忍痛，把字行间旁逸斜出的枝叶尽量砍去。后来退还的次数就少了，偶尔还能收到几句“文简字约，一清见底”之类的好评。这又是一种“逼”，逼作者自我提高，且又在理在礼。为某些退用两难的长文章感到棘手的编辑同志，盍兴乎一试？

选自《散文》1981年第10期

戒珠寺与王羲之

张学新

访问鲁迅的故乡绍兴的时候，曾游城内名山之一蕺山。据传，春秋时，越王勾践为了报仇雪耻，卧薪尝胆，常到这个山上采食一种带有苦味的野菜——蕺草。此山因此而得名。山并不高，但石奇松青，十分幽静。

蕺山南麓，古柏苍松掩映中，有一座破旧的寺院。陪同参观的人告诉我们，这个寺名戒珠寺，是纪念五羲之的。他给我们讲了一个动人的故事。

这位东晋大书法家，南渡之后，在山阴做地方官，历任右军将军、会稽内史。所以后人称他为“王右军”、“王山阴”。绍兴城西南二十多里，还有兰亭遗址。王羲之就在那里写下了不朽的书法艺术珍品“兰亭序”。这个戒珠寺原来是王羲之在绍兴的别业，羲之经常住在这里。寺前原有一方小池，是王羲之养鹅的地方。

据说，有一天，王羲之在蕺山附近一座桥上看见一个老妪叫卖竹扇，就在她的扇上各题了五个字。老妪以为竹扇被他涂污了，很不高兴。王羲之告她：“你就说扇上的字是王羲之写的，要价一百钱好了。”老妪照他的话去做，果然人们争相购买。老妪又拿扇子去请他写字，王羲之却笑着不写了。这座桥后来取名“题扇桥”，桥上还竖过一块“右军题扇处”的石碑。

现在，这座拱形石桥还完好地保存着。

相传王羲之有颗心爱的明珠，经常用来摩挲双手，使十指不断运动，以加强书写的腕力。一天，这颗珠子忽然不见了，他怀疑是寄住在他家里的一个和尚所偷，因此对和尚日渐冷淡。那个和尚也不加申辩，竟至绝食含冤而死。不久真相大白，原来明珠是被一只白鹅吞下肚去，后来白鹅不思饮食，宰杀时才发现了这颗珠子。王羲之得悉后忏悔不已，但人命已无法挽回，于是舍宅为寺，把整座别业和周围的山林都舍给佛门建为寺庙。这就是戒珠寺的由来。

戒珠寺的山门陈设与别的寺院不同，它的佛龛里不是哈哈大笑的大肚弥勒佛，也不是张牙舞爪的四大天王，却是屋主人王羲之的坐像，方巾帽，斜领服，温文尔雅，栩栩如生。左右塑着两个童子；一个怀抱双鹅，一个手执拂尘，形象都十分生动逼真。

我听着这美丽的故事，不禁为这位书圣高洁的风格所感动。照现在的说法，王羲之真有一点自我批评精神。他虽然冤枉了好人，但能痛加悔改，而且见之以行动，心胸坦荡，毫不掩掩盖盖。寺名戒珠，大概是要后人从这件明珠冤案引以为戒，少犯一点主观主义的错误。

千百年来，多少仰慕书圣的诗人词客在这里留下了纪念的诗篇。人们不仅爱慕他的书艺，更敬仰他的人格。宋代的朱熹老夫子有一首《游戒珠寺悼右军故宅》诗，写道：

因山盛启浮屠舍，遗像仍留内史祠。
笔冢近应为塔冢，墨池今已化莲池。
书楼观在人随远，兰渚亭存世几移。
数纸黄庭谁不重，退之犹笑博鹅时。

一千多年来，人们世世代代敬重这座寺院，历代都有人整葺、重修，王羲之栩栩如生的塑像一直保存下来。人们不断到这里游赏凭吊，寺的山门口曾有楹联一副，为现代大画家张大千撰写。联句是："此处既非灵山，毕竟什么世界？其中如无活佛，何用这样庄严。"据说笔墨酣畅，也是书法艺术的珍品。可惜，十年动乱期间，这些塑像楹联全被当做"四旧"，毁坏了。

我站在这座古老的寺庙前，心情久久不能平静。伟大书圣坦荡的胸怀，飘逸的风骨，他那方巾缁衣、温文尔雅的形象一直在眼前浮现……我想，被毁坏的塑像应该修复，我们民族的优良品德一定会世代相传。

选自《散文》1982 年第 1 期

琴川绛云楼诗情

孙善康

伫立虞山峰巅，眺望远处湖泊港汊，宛如七弦古琴，故常熟昔称琴川。它与苏州、无锡成鼎足之势，是长江之滨的一颗明珠；是盛产稻麦的江南鱼米之乡。“十里琴川九里花”，山城虽小，可是风物丽都，人文荟萃。花表一枝，单道历史古迹、游览胜地，就有撰《文选》的梁昭明太子读书台；清德宗光绪师傅翁同龢的花园；著《孽海花》曾孟朴的故居；大书贾毛晋的汲古阁；（唐诗人常建名句：“曲径通幽处，禅房花木深”的破山寺古刹（兴福寺）……这些楼台亭阁，水榭风荷，花木扶疏的园林佳处，曾经勾引过多少词客的怀古之情，无限旅人的流连徘徊。而我却更爱憧憬那崔巍的绛云楼万卷书翰，叶叶玷染着丽人手泽的馥郁，吻印着艳姬胭脂的浓红。虽然它早在三百年前付之一炬，似落霞消逝在遥远的天际；但那绵绵的诗情，旧院的雪泥鸿爪，却像涓涓的细流，带着落红，泛起漪涟，潺湲荡漾在我的心头，使人眷恋，令人向往！）

我爱书，买书，藏书。而绛云楼不仅是明末一代儒宗钱谦益与金陵秦淮名姬柳如是结褵后藏娇的金屋，而且是名闻遐迩的藏书楼。楼在虞山北麓拂水山庄。按《牧斋年谱》载：“1643年，岁在癸未，筑绛云楼于北郊半野堂之后”。额曰：“绛云”，乃撷自紫薇夫人赠诗：“乘飙俦衾寝，齐牢携绛云”之意。《虞山说苑》称它屏山筑楼，构屋五楹，曰："耦耕堂、秋水阁、小苏堤、梅圃谿堂、酒楼"。一时骚人墨客飞觞醉月为之题咏者夥。王胜时《虞山柳枝词》有诗曰："玉堂金屋好藏春，新筑朱楼拟上真"。杨维石作《艳乐府》歌曰："绛云楼高势接天，章台过客愿执鞭"。真是画栋雕梁，制度宏丽，长桥卧波，廊腰缦回。不仅建筑雄伟，而且内藏丰富。吴郡顾美云(苓)在《河东君传》中盛赞它为"房栊窈窕，临春结绮，旁龛金石文字，三代秦汉尊彝，环璧之属，晋唐宋元以来，法书名画……"可说是一座瑰丽珍贵的文物宝库。足与杨梦羽的万卷楼、孙子羽的博雅堂、毛子晋的汲古阁、赵清常的脉望馆相颉颃媲美。由于谦益早岁科名，是东林魁首，交流满天下。《辞书》说他"尽得刘子威、钱功甫、杨玉川、赵汝师四家书。更不惜重资，购求古本，故所藏与内府等。藏书七十三大柜，宋刻书籍数万卷"。藏书之富，可说江南无出其右。

而柳如是与钱谦益的一段姻缘，也为绛云楼增色不少。柳如是本白门有名诗姬，"慧倩工词翰，色艺冠一时"(《松陵女子诗征》)。"美丰姿，知书善诗律，分题步韵，顷刻即就，四方名士，无不接席唱酬"。(沈虬《河东君传》)。她不仅工诗词，而且擅书法，长丹青。赵棻滤《月轩文集蘼芜序》为之歌曰："媚行烟视，不少倾城，摘艳薰香，谁为博士，设有诗工刻翠，字妙题红，走珊管而飞花，织霞机而锦现"。琼楼有佳人，风光写得何等旖旎？《钮琇觚剩》讴歌她说："赋诗辄工，尤长近体七言，作书得虞褚法。"郑抡逵《虞山画志》说她："博览群籍，能诗文，间作白描花卉，秀雅绝伦"……自归谦益后，如是更是声誉日隆，芳名雀噪。据《觚剩》载："牧斋披吟之好，晚而益笃，图史校雠，惟河东君是职。临文或探讨，柳辄上楼翻阅。虽缥缃盈栋，而某书某卷，随手抽拈，百不失一。”红颜白发，传为美谈，才子佳人相得益彰，为绛云楼平添无限春色。时人喻之为李易安与赵德卿风流韵事。可谓推崇备臻。

惜乎庚寅十月（1650年，顺治七年），绛云楼不戒于火，延及半野堂，凡宋元精本图书玩好，及所裒辑明史稿一百卷，论次昭氏文集百余卷悉为煨烬。绛云一炬，实为江左图书一大浩劫。留有陈景云注的《绛云楼书目》四卷。嗣后，沈福堃有《三 十六鸳鸯词馆抄》叹曰：“绛云楼下劫灰老，绛云楼上修降表；一炬焚如土尽焦，当日犹有劝进草。”含有讽刺牧斋降清之意，读之不仅名士汗颜，也为红粉叹息。王沄也有诗记其事：“远山初展理金征，秘府图书满绣帏，巫雨忽来雷伯怒，一朝化作绛云飞”。其外，《清史稿》及《常昭合志》等书也具有类似之记载。

绛云以后，稍堪与之媲美者，有钱遵王的“也是园”；鱼振南的“闲止楼”等，其中以常熟瞿绍基（镛）的“铁琴铜剑楼”最负盛名。解放后，在绛云楼旧址，已矗立起高耸云汉的巍峨大厦——常熟中医院。它为人民健康服务，为社会造福。如果谁想来此凭吊，发抒一下怀古的遐思，那么他看到的却是静悄悄雪白的病房，飘着湖色轻纱明亮的窗口，夹道两旁挺拔的萧萧的白杨树，花木蓊蔚，环境是那么恬静安谧，再也找不到昔日的残灰余烬，废墟的瓦砾断片。明末士大夫的那种悒郁情愫，空灵的惆怅，“逝者如斯夫！”早已化作尘泥随风而去！代之兴起的却是新中国的主人，有为四化作出贡献的凌云壮志和战斗的激情。

选自《散文》1982年第1期

“望文生义”管见

刘中桥

望文生义是好读书不求甚解的人常犯的一种毛病。但“好读书不求甚解”一语的原意，却与我们今天使用它的含义大不相同。语出典于陶渊明《五柳先生传》。作者不是说自己喜好读书而不对所读的书作过细的研究，而是说自己不死钻牛角尖、不受制于书本，对书中内容只领略概要。这种提倡把书读活的方法，引申于今天，大而言之，就是不被书中的框框圈住，小而言之，就是不望文生义。否则就会闹出一些笑话。

为什么“不求甚解”一语会被解释成另一种含义呢？除了我们对它的作者所处时代的文风多少有些陌生这一原因外，另一原因就是这个语词包含语义的丰富性。陶渊明身处魏晋。魏晋文风重篇不重句。陶也不例外，作诗时偏重于对诗情的直获和诗意的总体创造，意工而词朴，甚至以散文句法入诗，致使不少诗章虽称名篇但少佳句。他这种通脱自然的文风，竟使得某些严守声律、字斟句酌的后人，以为他果真是“好读书不求甚解”。这与苏轼行文如流水，随意自然，竟被后人误作“似不读书”(见王世贞《艺苑卮言》)的遭遇有些相似。在语义学上，“不求甚解”一语不仅具有作者当年使用它时的原义，而且还可敷衍生发出我们今天使用它的新义。语词的这种歧义例证是很多的。有的语词产生歧义，是因为后人对它加以生发，有的则是后人望文生义、以讹传讹产生出的误解。

我还读过一种唐诗选本，在注解王昌龄七绝《芙蓉楼送辛渐》时，编者也因对诗的个别语词望文生义而出现错误。诗云："寒雨连江夜入吴，平明送客楚山孤。洛阳亲友如相问，一片冰心在玉壶。"此诗并不艰深。前两句说，寒雨之夜与友人辛渐来到吴地，次日清晨友人去后，诗人遥望着楚山，顿然感到孤寂。后两句是诗人告诉友人的话：如果洛阳的亲友问到自己，就请转告他们，自己在外面做官，清廉自守一尘不染，有如冰在玉壶里一样纯洁。但选本却把本属互文的"吴"、"楚"二字，注解成了不同的两个环境，又把"冰心玉壶"这种用于诗中就具有了专门意义的词语，拆成单字逐一按字面意义进行解释。这样一来，不仅前两句在时序上变得错乱、令人费解（似乎客人头天晚上已出发进入吴地，又似乎第二天才在楚地送行），而且歪曲了全诗的主旨，使读者无法品味诗中那深挚婉曲的感情。此诗为王昌龄贬江宁丞后所作，故有以"冰心玉壶"自白一说。如果把诗人表示立身高洁的原意，曲解为以壶中玉液浇心中块垒上去，岂不屈杀了这首颇有名气的诗章？

倘若我们读书的范围宽一些、读书时多留心一些，不难发现"冰心玉壶"这一语词在古代诗文中并不罕见。陆机《汉高祖功臣颂》中有"心怀若冰"、鲍照《白头吟》中有"清如玉壶冰"、姚崇《冰壶诫·序》中有"内怀冰清，外涵玉润，此君子冰壶之德也"等句。王昌龄即是把这些意思简括成为一句洗炼形象、超迈前人的绝唱。

由此可见，我们读者要想少犯点望文生义的错误，除了扩大读书范围、读书时多留心外，还要破除对本本的迷信，养成独立思考的习惯，逐步提高鉴别是非的水平。而作文者，则要善于思索、慎于落笔，对所引资料更要反复校正、一再推敲，力求做到写出的文章措词准确、逻辑周密，结构严谨。这样从作者读者两方面着手，或许能够有助于我们清除“望文生义”这一文苑痼疾。

选自《散文》1982 年第 8 期

脚 印

廖华歌

山野里第一朵迎春花开了，我留下了采撷和追求的脚印；园子里的第一阵果香飘来了，我留下了收获和思考的脚印；混浊的小河边，我留下了畏葸和退却的脚印；泥泞的黄土路上，我留下了徘徊与进击的脚印……

呵，人在前面走，身后留脚印。

情愿的也好，不情愿的也好，都是要“留”下的啊！

一个“留”字，给人多少的思索，多少的启迪……

人们常说：“雁过留声，人过留名。”其实，留名者不多，脚印倒是人人都会留下的。人走过了，生活过了，身后便留下了一串串的脚印：大的，小的，深的，浅的，笔直的、曲折的，成熟的，稚嫩的……

无数的脚印，是一个个生命的着力点，时间将它连缀成一条蜿蜒曲折的路。在这路上，刻记着生命的每一寸历程，每一分价值。

无数的脚印，是双足写下的文字，历史将它编织成一部自传体的史书。这，便是人生的第一部作品。它如一页页日记，记载着太阳下的功过，也记载着月亮下的隐私；它如一幅幅浓重的油画，描画着葱绿的希望，殷红的期待，也描画着灰蓝的梦影；它如一首首长诗，默吟着一个个喜怒哀乐的人生故事……

无数的脚印、是一个个抑扬顿挫的音符，生活将它谱成一支“生命奏鸣曲”。它时而高亢，时而低沉，时而急促，时而舒缓，像丁冬的溪水，从脚下泻出，在地上流淌……

于是，我每迈一步，便感到像给大地打上一个生命的印戳，感到有一滴浓重的墨水在脚下浸润，有一个响亮的音符从脚下飞出……一种人生的庄严感、责任感便涌上了我的心头！

站在这叠满足印的大地上，我听得见勤奋的时间老人掀动书页的沙沙声。那史书的每一页，正面就是白天，背面就是夜晚。它不允许涂改，也不等待停顿与徘徊，或密密麻麻地记下我的奔波与喜悦，或留下我的倦怠与空虚……于是，我惶惊地迈起了双脚，加大着步履，也加大着生命的旅程，朝着远方的地平线奔去。我赤裸的双足奔跑着，给我的人生大书留下了一行闪光的文字，也给生我的大地留下了一串深深的吻痕。在这吻痕里注满了我对人生真诚的爱情……

我也分明看得见，那串串留在草地上的带着体温的脚窝，犹如连天的石阶，一直叠向泰山的峰巅，那上面正行进着一支新的铁流。于是，我便从身旁匆匆奔走的人群中，从远处的田畴里，听到了一曲磅礴而雄浑的新的《黄河协奏曲》。我迎了上去，用双足投入了这个伟大的合唱。当我从中听到了那个属于我的铿锵的音符时，我便感到，生命永远像那奔腾的黄河中的一朵浪花，永远不再孤独，永远充满了力量。在我的歌唱中，信念的太阳从东方冉冉升起，一直跃上了泰岳之巅……

呵，人在前面走，身后留脚印！

就在我这短暂的回首之间，我突然发现：走平坦的路，脚窝最浅；走泥泞的路，脚窝最深；留在石阶上的脚印最久；留在荆棘中的脚印最美……望着那深深的脚印，我便仿佛又回到了当时那汗流浃背的跋涉之中，又记起了那跋涉的艰辛，更记起了那艰辛跋涉所赢来的胜利和这胜利激发起来的加倍的欢乐和信心。那是奋斗的标记，那是开拓的标记！

开拓不止，路才无尽。脚印永远为开拓者大书特书。

身后是脚印，前方是太阳。不必徘徊顾盼，但只用力地走！

选自《散文》1983 年第 12 期

长城·圆明园

熊述隆

长城是壮观的。

圆明园是破碎的。

当日，绵延万里的大墙，并不曾护住窗台上一只小小的花瓶……

长城，已布满了历史的青苔。

圆明园依然痛苦地醒着，冰冷的断垣颓壁，永远凝固着那一场不再熄灭的大火！

在大墙与废墟附近，高速公路和立体交叉是长城子孙重新构筑的坐标；在风和飞鸟可以自由往来的国境线上，圆明园严峻的目光凝聚于昂起的导弹尖端……

于是，在古老的长城上，我看见了白皮肤、黄皮肤、黑皮肤的外国游客。

这是充满自信的民族，邀请的客人。

我们的长城，不再是匍匐的！

选自《散文》1983年第12期

壶口瀑布记

梁　衡

凡世间能容、能藏、能变之物唯有水。其亦硬亦软，或傲或嗔，载舟覆舟，润物毁物，全在一瞬之间。时桃花流水而阴柔，又裂岸拍天而狂放。凡河川能伸能屈，能收能藏，唯我黄河。其高峡为镜，平原飘带，奔川浸谷，挟雷裹电，即因时势而变。时滔天接地而狂呼，又拥地抱天而低言。

我曾徘徊于黄河上游的刘家峡水库，惊异于她如泊如镜的沉静；曾生活于河套平原，陶醉于她如虹如带的飘逸；也曾上溯龙门，感奋于她如狮如虎的豪壮。但当我沿河上下求索而见壶口时，便如痴如狂。壶口在山西吉县境内，是黄河上唯一的瀑布。因状如壶口而得名。水流至此急冲沟下，人观瀑布由上俯下，只见烟水迷漫，船行至此得拖出河岸，绕过壶口。即古书上所载"河里冒烟，旱地行船"。原来黄河在这里，先因山逼而势急，后依滩泻而狂放，排山倒海，万马奔腾，喧声蔽天。却正当她得意扬眉之时，突以数里之阔跌入百尺之峡，如水入壶，腾荡急旋。于是飞沫起虹，溅珠落盘，成瀑成湫，如挂如帘。裂坚石而炸雷，飞轻雾而吐烟，虎吼震川，隆隆千里，龙腾搅谷，巍巍地颤。波起涛落，切层岩如豆腐，照徐霞客所记，三百年来竟剜石开沟上剁三百余米；激流飞湍，锉顽石如木铁，据民间所言，有黑猪落水，眨眼之间，退毫拔毛，竟成雪白之豚。黄河于斯于此，聚九天雷霆，凝江海之威，水借裂石之力，轰然辟开大道坦途；沙借波旋之势，细细磨出深沟浅穴。放眼两岸，鬼斧神工，脚下这面数里之阔的磐石，经黄河涛头这么轻轻一钻一旋，就路从地下出，水从天上来。她顺势一跃，排山推岳，挟一川豪情，裹两岸清风，潇洒而去，又再现她的沉静，她的温柔，她的悲壮，她的大度。去路千里缓缓入海。

鸣呼，蕴伟力而静持，遇强阻而必摧，绕山岳而顺柔，坦荡荡而存天地。美哉，壮哉，我的黄河。

选自《散文》1984 年第 2 期

曼妙清歌动心弦

孙善康

在生活的记忆里，每个人都有那么多动人的歌声。

或许是你借宿在上天目的僧寮里，子夜梦回，静聆屋外微风透过竹林，吹动绿叶，其声萧萧，蓦然一阵骤雨，洒落窗前，打着芭蕉，渐起淅沥；或许在黎明春晨，在当涂，你骑一匹小毛驴，去太白楼青莲祠凭吊诗人，从远处隐隐传来长江拍岸的涛声，在山间路畔，听枝头黄鹂宛转声声，空谷幽壑泉水淙淙……这是大自然的天籁之歌，是地球母亲的催眠曲。听起来，世界万物都在纵情地欢唱，更何况于人？除非你是个哑巴，不，哑巴还在心灵深处唱起了最美妙的歌呢！

传说在很古很古的年代，人类就已经有了歌唱，说是起源于劳动，有名的“吭唷派”，为此奠定了健康的基调，富有了饱满的战斗激情：有了歌，才能鼓舞干劲，消除劳动的疲劳；有了歌，才能把艰涩的语言牢记在心上；有了歌，才能使情意，像青鸟那样插上翅膀，飞向老远老远……

歌唱在历史的五线谱上，印上如许瑰丽的音符：孔丘困于陈蔡而弦歌之声不绝，夫子雅量，使人肃然起敬；荆轲刺秦王，易水饯别，悲歌慷慨，何等雄壮；高渐离击筑，和歌于市，舍生取义，多么激昂；师旷能闻弦歌而知雅意，一代乐圣，万人景仰；钟子期既死，伯牙终生不复鼓琴，可谓知音难觅；曲有误，周郎顾，都督风流，公瑾倜傥，多么使人神往；庄子丧妻，鼓盆而歌，可说是，人有悲欢离合，月有阴晴圆缺，此事古难全……关于歌唱，古代韵事，犹如红杏枝头，花开朵朵，传诵民间，流馨吐芳。

我听过无数阕的生命之歌：有爱情，也有战斗；有欢乐，也有悲伤。在抗日艰难的岁月里，我特别喜爱唱那催人猛醒的战歌，她像冲锋的号角，进军的鼓点，像春雷一样地震响；她是血与火的交响曲，使人振奋，使人热血沸腾，英勇地为祖国去战斗，去献出生命。如欧仁·鲍狄埃的《国际歌》，这首全世界无产阶级的歌，即使在异邦，言语不通，举目无亲，也能凭这熟悉的曲调，找到自己的同志和朋友。我喜爱聂耳、冼星海的歌，她像熊熊的火炬，炽热地燃烧，《义勇军进行曲》："冒着敌人的炮火前进！"表达了中华儿女前仆后继，浴血奋战的无畏精神；《大刀歌》："向鬼子们的头上砍去！"气势是何等磅礴！《松花江上》："有那满山遍野的大豆高粱"，恢复故土，思念家乡，情景又是那么深切！《黄河大合唱》，不怕风浪，是那么雄伟；《大路歌》，踏平人生坎坷，胸怀又是那么豪放！她可以与苏联《伏尔加河的船夫曲》相媲美；爱国热情，与法兰西的《马赛曲》相比，而毫无愧色。

同时，在苦难的旧社会，我也听过无数悲凉凄楚的歌，那是劳动人民被欺凌，受压迫的呻吟。那年月，风靡一时的是金嗓子周璇唱的《马路天使》插曲："天涯歌女"、"四季歌"，尽管她唱得那么圆润，富于山歌情味，但细细听来，更多的却是辛酸和泪水。每当夏夜，在庭院纳凉，从小街陋巷深处，会飘来琴声和歌唱。那充满着哀怨的"夜深沉"的琴声；那满腔忧愁的小调，令人心碎。走近细看，那是一个鹑衣百结、驼背的老人，拉着乌黑破旧暗哑的胡琴，那个姑娘，虽说是年轻，但生活的磨难，那蹩脚的霜粉，已掩盖不住她枯黄瘦削的脸颊。在那十里洋场，歌台舞榭，灯红酒绿，那靡靡之音，神女歌唱，更是不堪入耳，在外侮入侵，国家存亡之秋，听了真使人有“商女不知亡国恨，隔江犹唱后庭花”的感叹，产生悲愤之情。

黑暗终要过去，光明已经到来，而今可说是处处笙歌，家家欢唱。你听！那是长白山蓊蔚森林里的伐木人之歌，他唱得像百灵鸟那么欢畅；那是浩渺长江上码头工人的劳动号子，和吊车声一齐传向远方；那是闽江上放木筏之歌，江滩水流湍急，浪花四溅，放排人引吭放歌，在四周崇山峻岭中，发出久久回响。还有那富有江南水乡情趣的常熟白茆山歌，和彝族刘三姐，那么调皮、诙谐百出的对歌，都是人们赞誉称道的。特别使人欣赏的是里弄居委组织的“老妈妈合唱队”，她们虽年近古稀，白发苍苍；但她们纵情地歌唱祖国，歌唱社会主义好，“唱支山歌给党听”，唱出了对党的感激与恩情，唱出了晚年的幸福与欢乐……

没有歌唱，就没有生命的花朵；世界就会像沙漠那样，失去绿洲，就会变得那么冷漠，寂寥。所以我们有那么多的歌：有山歌、牧歌、儿歌、渔歌；还有船夫曲、劳动号子，伐木工人之歌……风格是那么多样，情趣是那么盎然；其中有独唱，二重唱，大合唱等，形式又有那么多的变化。何况各乡各土，有种种地方曲艺，不同剧种，唱出色彩迥异的歌声，那悠扬悦耳的越剧；那水乡渔村敦朴的宁波滩簧；那明白如话乡音浓重的申曲；那音调铿锵的京调二黄西皮；那悲歌慷慨的京韵、梨花大鼓；那节奏鲜明古雅的粤调；还有扬州的莲湘，苏北的小调……真是争妍斗艳，百花齐放，余音袅袅，不绝如缕，绕梁三匝，听不厌，怎罢休？

选自《散文》1984年第5期

泸州白塔浮想

戴善奎

塔，一定受过“笋”的启发吧！

泸州报恩塔，便是一尊出土大笋般的“胖塔”，胖得有一种乐观气派，使人想同这位南宋的“老苍头”握手言欢。

八百年啊，时代如轮，辘辘地转。多少次否定，又有多少次肯定．它始终健康壮实地活下来了，而且还打算在全城一片乌黑的锁子甲——屋脊上，永享高年！

不论经过多少次修缮，它永远是中世纪的“胎”——但我横竖找不着这塔的余孽气了，只感到美好！我帮衬着泸市人自豪——为什么诗人贺敬之一回延安就想搂塔？塔，常常是故园标志、母亲的额头！即使大洋彼岸来人，泸州人也可以请出白塔来陪客。它是可以体面地招待贵宾的——不仅是宋塔，而且美！

最受惠的，还是泸州人。别处的白塔，多建于郊野，那吸引力便在辽远中，须择“良辰吉日”，结友踏寻。而泸州白塔，推窗可以看见，凭栏可以看见，甚至在室内洒扫，偶一抬头，也可看见。我在招待所床上躺着，还看见那云扉中的塔尖哩！古塔、今人，共处一市，便有如自家园林内的盆景一般，充满近水楼台味儿。居家，便可以采风，其爽目，形同青枝绿叶！这真是当代城市中不可多得的“风水”！

远看，可以领略它那植物般日夜醒着的灵性；近看，可以察得叶脉间的精微——这三十三米高的八角形双檐砖塔，妙就妙在那檐下：那是一层一层的雕塑橱窗：我看见一只从陡坡上狂奔而下的山羊，因为背上被不客气地搁上了沉重的砖负，而不得不猛然住脚。鸡，也被拉来背塔了，压得翎毛倒竖，“咯咯”引啼，使人容易想起猫、鼠也来参加找萝卜的趣事。最新鲜的还是蝙蝠驮物，那“晏老鼠”被钉在高高的塔角，一颗狰狞大头，三叉鼻，阔嘴里吐出弯曲盘旋的舌头，活活是一个累坏了的巡海夜叉……

我久久地作“车轮赏”。

至于塔顶，据说来头不小。王阮亭《江阳竹枝词》注说：那是由叙州北江上塔顶飞到泸州塔上的“飞来顶”。《泸县志》说：塔尖宝顶“时放异彩”“盖珠光也”。我无“法眼”，久视无睹，倒是被塔顶那监护性的阳光刺痛眼睛，不得不捧目。少歇再看——那里有我感兴趣的四个铜力士，半袍半甲，被塔尖垂下的四根酒杯粗的链子捆住，以固塔尖。看看力士们那儿童般的规矩，使人感到猛士的驯服，也大有动人处。

唐高宗李治修建西安大雁塔，是为了报母恩。以塔报恩，古来相袭。而泸南安抚使冯楫修泸州塔，则有着特别动人而伤感的报恩故事。据《泸县志》载：冯楫幼年和母亲离散。后来官拜泸南安抚使，寻母无着。在他一个生日，乞丐们群集衙门外求食，内中一个瞎老太婆感叹说：“今天也是我儿子的生日。他如果在，我不会是这个下场！”冯楫听说后将她请进府中，问其子身上有无印记，瞎老妪说：“我儿子是联臂生下来的双胞胎，用刀分开后，一死一生。活着的儿子手臂上有长长的疤痕。”冯楫当即下拜而泣：“您就是我母亲呀！”并跪着以舌舔母亲的眼睛，因而复明。后来便建此塔报恩。

在塔内，有着极丰富的龛内浮雕：坐莲台的日月观音、菩提树下双手合十的胖和尚、地狱火海图……这一切中，报恩题材的浮雕最令我注目——那是真挚感人的“母亲颂”。冯母，在这里是伟大庄严的女性。在“冯母及其孪生子”龛里，那位着民服的母亲，带着一对幼稚乖巧的儿女端立壁上，童真与母爱并列，俨然天伦图。冯父早丧，母亲担起教子的责任。在“冯母教子图”中，我们看见她端居危坐，教育侧立的幼子；另一幅则是民妇教育的另一面——体罚。儿子脱光了臀部挨打。冯楫把幼年挨责的情状回忆出来，让匠人刻于壁上，既有对少小时“打屁股”生活的幽默，又有“谢母严求”的境界。就在妇女的葛裙下，种下了冯楫成长的因素。塔心便有一尊描绘他官居高位的坐像。冯楫倒是一步步走向了仕途深处，而那位奉献了骨血和精神的母亲，则一步步地走着下坡路，沦入风尘。蓦然相见，天壤之别。尊卑关系退回到伦理关系，这是一幕具有何等催人泪下的相认？“头”悲“尾”喜。虽然建了报恩塔，我总觉得它的感伤力量超过了欢乐。

我总觉得泸州报恩塔有很重的人情味！

每次，我乘车驰行在乡间公路上，看见容颜衰老的妇女，被人瞧不起而找不到座位的妇女，我都会产生一种深深的哀怜和敬慕——她们的衰老里定有伟大的功勋！

我怕看见妇女老年的不幸。

泸州报恩塔就是这样地影响着我……

选自《散文》1985 年第 10 期

关于年龄及其它

西　原

人上了年岁往往变得狭隘固执，父亲这两年脾气却随和多了，这使我做儿子的又高兴又吃惊。

关于年龄的认识和感叹，像爱情和婚姻一样，是世上最奇妙最动人的字眼之一，是万古长新的永恒性的主题。

古往今来，域内海外，人们为年龄而咏叹，而浩歌，而欢笑，而悲泣，甚至于狂舞或自杀，例证随手可撷。这或许因为年龄是生命运动的标志。它以时间的形式标志出生命运动的过程，而且紧紧地与生命运动的外在物质形态相联系。每个人都是一个生命实体，都会怜爱自己的生命，那么也就不能不关心年龄。“小小少年，很少烦恼，眼望四周阳光照……但愿永远这样好。……”德国歌曲这样唱道。“高堂明镜悲白发，朝如青丝暮成雪！”李白停杯投箸，因岁月倏忽而悲怆。就在我们身边，无论少年遇到少年，中年遇到中年，还是老年遇到老年，互相倾谈时断然少不了年龄，“嘿，看不出！”“哦，我俩同岁！”“您好福气，长寿！”

在某些时代，某些国度，年龄直接关乎人的政治地位、社会待遇甚至命运。在某些外国传说中，古时人到了不能为氏族卖力而需要消耗财物的年龄，就会被抛弃、杀戮甚至吃掉。而在我国古代，人年龄越大越受尊敬，特殊优待。春秋以前，一般百姓不能吃肉衣帛，但"五十岁可以衣帛矣"；甚至大臣可凭高龄而减免刑罚。延续久之之后，在中国形成了一种特定的意识：年龄就是资历，就是身份，只要胡子长，腰背弓，杖藜而行，就可以训斥年龄小于自己的人；过去时代在家庭，在宗族，在乡里，在衙门，以至在朝廷，无不举足重轻，引人瞩目，骨头轻而身价重。

这原也无可非议。老年人见多识广，稳重深沉，而且一生中总有劳苦，原是应该敬重的。况且，人都要老的，以己度人，更该分外体恤才是。但话说回来，年龄给予人的并不尽是优点，恐怕也有缺憾。

那么年轻人呢？

我时时回想我的一些经历，说来是区区小事，既可笑，又叫人脸红。这类因幼稚和鲁笨而造成的过失举不胜举。

此后，我一听到"少年"这个词，脑际总是浮现洛阳三月的牡丹园，一派炽热浪漫的汪洋生气冲撞胸怀；而提到中年人，则自然联想到中秋的菊花，想见它那凝重而璀璨的颜色；那年，在山寒水瘦的古隆中，三顾堂前的冬梅曾使我留连忘返。那疏淡的小小花朵缠满枝条，坚韧清峻，异香暗浮，真是智者晚年的绝妙写照。人生之花也如此，常开常艳，各具风采，但不能兼备。

弹指间已届中年，常常于夜半回首往事；伴鸡鸣而深思之，往往憬然有所得。我庆幸摆脱了那种幼稚，那些莽撞；又惋惜那一去不返的东西——信念的铁样坚硬，锐气的剑铓般锋利，——尽管还没完全丧失。我深感自己当时远没达到"自我完善"的标准。

由此我推想，人是这样，世间万事万物又何尝不如此？每种事物无不随年龄而演变发展着，由幼稚而渐知世事，而比较成熟；但同时也往往潜滋暗长衰老。在生命的每一阶段，优点同时也是缺点。世间大概不会有各种优点始终兼而有之、绝无一星儿缺点的事物。大而言之，宇宙的形成是这样，人类社会的发展也是这样。

所谓生命，就是一种发展，一种完善的永无止境的过程。相对地看，每一阶段都是某种程度的完美；但我们一旦抬起头来向远看，就会发现它的不足，渴望看到新的形态和光泽。就如同观赏一朵花，在蓓蕾初孕时，它放射着强烈的力感，动人心魄，如同一颗年轻的心脏。继而含笑乍开，又仿佛妙龄少女羞涩而深情的笑，蕴蓄着美和希望。当它大胆地热烈地尽情地盛开时，你看到的就是一团火了，你联想到的总是最幸福最高尚的梦。然后，花的生命完结了，同时果子的生命却开始了。对于果的胚胎，盛开的花也不尽完美了。花的每个生命里程都美，但都不是极致。

我以我的体验，观察我所遇到的事物，纵谈关于年龄及其它，尽管杂乱无章，自觉倒也津津有味。

选自《散文》1986年第5期

山　魂

胡　昕

山崖上，一位凿石级的人。

他蹲在那里，任阳光在他淡黄色的草帽上编织着炫目的光晕。泉水般清亮的山风，在钎与锤奏出的乐音中颤动。

汗珠含着太阳，在他裸露着的古铜色的脊背上，冲出一条条小溪。于是，这健美的体魄，勾勒出一个男性的粗犷和力量。

在没有路的地方，他用长满老茧的粗糙的双手，奇迹般地开凿着路，并执著地坚信，这条路通向太阳。

他默默地，像这无言的大山一样，默默地击着崖石，击碎的崖块，飞溅着他山一般的渴望。

山崖上，一位凿石级的人，在冽亮的阳光下，构思着一尊新时代的“思想者”的雕像。神铜雕像，其飘逸欲飞的线条极为优美，令人遐想联翩。在一座座书柜上，我看见古希腊诗人荷马、戏剧家欧里庇得斯和索福克勒斯以及女诗人萨福的半身铜像。

我站在那如花的地毯上，感到一种难言的酸涩，失落的青春，这不能不说是人生的另一个方面，要勇敢地面对这种失落和孤独，不移自己的志向，不让自己的精力萎缩，需要何等巨大的勇气和努力呵。

我怀着一颗稚子般的崇敬的心来到布莱特尔街105号；我

像那一百年前的小姑娘一样，是来找郎费罗的，我要凑近他的耳边告诉他《人生颂》给了多少人以奋进和鼓舞，我要告诉他，我——一个来自中国的人，是多么爱他，在我困顿与忧郁之中他给了我多少力量，这位积极的人生的歌者。但是，我在那一间间空荡荡的屋里，在那静静的遗物之中，却无法再找到他，他正长眠在离这儿一英里地的奥本山陵墓里，和他的美丽的妻子。然而，我也可以说我寻觅到了他，在他生活了四十五年的住所里我找到了他的精神，他的灵魂，而他的灵魂是不会死亡的。

选自《散文》1986 年第 7 期

桃花源新探

吴进文

公元一千九百八十六年，武陵人业余探胜。曾读《桃花源记》，欲探桃花源。游遍武陵土地，并无桃花源。行者甚疑虑。不甘罢休，复探之，仍不得。却有一杏花林似曾相识。便试探。忽见古迹路标，大喜。上寻，果有一山。山口被碎石堵住。行者掀开石，从口入。洞长数十米，因年久失修，石多风化。出洞口，眼前所见与文中所记全然不同：田野寥廓，青黄成片；绿树丛中，幢幢楼房峭然挺立；另有凉亭、花池、假山之类；沥青大道，纵横交错，各种车辆穿梭其中。男女服饰，和当今城里人一般无二。老人在池塘边垂钓，小孩在草坪上嬉戏，各自得其乐。见行者如陌路人，并不大惊小怪。行者上前招呼："此处是桃花源否？"答曰："杏花村。"问及古事，始告是陶渊明记之桃花源，因初时渔人贸然进入，先世恐有后患，便更名"杏花村"，并伐桃花林，重植杏树，堵塞山口，另辟蹊径。如此与世隔绝千百年。二十世纪四十年代将末，有一支队伍从蹊径入，发安民告示：世外经唐宋元明清，华夏大陆业已解放。随即铺路架桥，由蹊径直达武陵城及至北京，此山口便被遗忘也。言毕，应邀去其家，家中陈设使行者自叹弗如，一应八十年代时新产品，无需问今是何世。坐片刻，辞去。此中人指点送出。移时，果到武陵城，与市民说如此，市民笑之道："消息迟矣。我乃杏花村人，在此当个体户已五年有余，更有杏花村与祖国同命运。”

当涂吴进文，笔者也。闻之，颇为感慨。世人既知古之桃花源即今日杏花村，当可不必劳民伤财到处穷探也。

选自《散文》1987年第2期

大宁河畔小茅屋(外二章)

柏铭久

不知哪年，你敛一敛翅，就栖落在这悬岩下飞瀑旁，栖落在李可染的水墨山水中了。

从河边站起的石板路有如展开的史册。磨秃了多少铁笔？血和汗水的字迹使每一页光洁闪亮。

芭蕉叶召唤远来的清风。屋檐下的玉米金子般闪亮，坠弯了你的腰……

你敛一敛翅，飞翔的毛羽纷纷脱落，感情的脚爪深深嵌进宁静的岩石。

说不清你的目光是喜悦还是悲哀。

喧嚣的流水在这里怔怔地发绿。我发绿的心中是你欲飞的影子。

美丽天真的野百合一遍遍摇响不安的问询。

季节的红枫叶熊熊燃烧……

那些从城市飞来又飞去的候鸟们一次次带来诱惑的信息：峡外有许多可以啄食的籽粒……

灯火啄穿了峭壁，你抖了抖满身金色的羽毛，正在自己的梦中飞翔……

瞿塘水

没有柳绿牵动涟漪的缱绻，没有点水雀在小溪琴弦上弹拨乐曲的缠绵……

虽有回澜的返顾，漩涡的徘徊，但终于摈弃一切纷争、积怨，组成浩浩荡荡的军团。

夕阳吹响铜号。波浪擂起千面鼙鼓。

巉岩瞪着凶顽的怪眼，长风飏动大纛，浪花纷扬，卷过礁石的秃顶，卷向紧锁的夔门！

浪，跌下深谷，爬起来再扑上去，身上滴着血。虽有寂灭的悲哀，但失血的一笑，在蓝天的底片上凝为永恒：虽有粉身碎骨的痛苦，跃起的刹那在阳光中完成了绚丽的造型……

峭壁上的水痕，是他们镌刻的不朽碑文，黎明的云锦是为他们敬献的挽帐！

巫峡黄昏

那柱云的树干，在气旋的催发中萌生满天五彩缤纷的枝叶，夕阳的金橘从白日枝头坠落，大江流淌着金色的蜜汁……

蛰伏于岩洞的夜的翅膀悄悄飞出。

白昼如不肯归返的岩羊，仍在沟壑中蠕动。茅屋飘出多情的纱巾，召唤忘记时光的辛勤耕耘者。赤裸背脊的大山依然匍匐着。

鹤嘴锄在巴掌大的土地上飞起飞落。夕阳滚进了那老者的心中？千万颗金闪闪的种子从他的额上滚落，播种在深翻的神女峰下夜的沃土中，有如我把情思深埋在心中，明晨，这些种子就会发出金灿灿诗一般的叶芽……

选自《散文》1988年第4期

收获与人生

冀　人

从燥热的太阳底下刚进入树荫中，便明显感到扑面而来的凉爽。在早晨和傍晚甚而至于使人觉得有些凉意。秋天就来到了吗？

夏天那种让人无法躲避的酷热，真使人头疼，不论你行走在烈日炎炎的大路，或是已进入树木、房屋的阴影；不论是在早晨还是在傍晚，那暑日的热似乎总是伴随着你、缠绕着你，真让人心烦。

可现在，秋天，凉爽怡人的秋天忽然来了。呜呼！这真有点像心上的姑娘没通知你就已来到你的身旁。你恍惚已觉察到她那熟悉的芬芳气息，但尚未意识到她已来临，而当你猛回首，突然看到是她时，你的心该是多么地欣喜若狂啊！

秋姑娘，就是这样来到了你的身旁。

秋，这是个多么含蓄的字眼啊！

秋，不是常说是金色的吗？的确，她给大自然带来了丰硕的果实，给包括人在内的众多生物赏赐了无数得以延续生命的食粮。

春种秋收。当那么多种子撒向大地时，有多少颗心在激荡，在热望它们将来以纷繁的面目重新出现。是秋天，将这些殷切的希冀变成现实。

秋天,是一个将理想变成现实的季节。秋天,是给人们以生命的神圣天使。秋天,是已成熟的一切蒂落的时候。秋天,使大地变得金碧辉煌。

是啊,秋天是美丽的、丰富的!可是,也给人们带来了一些晦暗、颓丧的心绪。

许多树木纷纷落叶,只剩下光秃秃的枝干;大片大片的庄稼收割完毕,映入眼帘的是一望无际的苍茫;有的地方还阴沉沉飘落着连绵的霏霏霪雨……此时的大自然,确也有一种萧瑟的入暮气氛。

可以说"金秋",就是说有许多收获,成果、成就。也可以说是"暮秋",这就带些灰色的情调了。

而我却无论从感情、或是理智上,都非常喜欢秋天。我的秋天,永远是金色的!

人生的幼年,思想往往是极端的幼稚、天真、纯朴。对周围的一切,大都是任其自然地映入脑中,主要的是吸收,没有什么分析、判断的能力。就如同种子在春天播进大地后开始吸收营养而萌芽的阶段。

到了青年时代,人们就有些独立思考的能力了。专注学习、探索、研究,对许多现象、问题都要问个为什么,开始形成对事物的独立见解。这就宛如庄稼在夏季的灌浆、日趋成熟的阶段。

进入中年,对许多事物已形成一种较固定的看法,对人生有了自己的认识,相对地已不易被客观环境所左右而改变自己的思想。这就犹如秋天的庄稼,只待收获了,它们的果实是成熟了的。当然,因客观条件所限,有的果实饱满、味道精美一些,而有的却干瘪、味道差一些,甚至也有的只长了青苗却颗粒无收！

虽然如此，秋天总归是牧获的季节。而我，只是像个虔诚的农人，竭力争取在这个季节里有个较好的收成罢了。

选自《散文》1988年第5期

寻觅诗人

朱世达

立在我面前的是一尊铜塑像，一对深邃的、有点严峻的眼睛深掩在浓密的眉毛下面，连鬓的络腮胡须，两撇唇须，新英格兰早晨的阳光透过榆树叶的间隙将一圈圈的光照在他古铜色的脸庞上。他沉默着，永恒的沉默。他只用眼睛和心观察这人世，这橡树遮天的草场，这碧波荡漾的查尔斯河，这静谧的古老的剑桥的早晨。诗人，我来看望你了，我从中国来，从长城来，从一个古老的文化向你走来。你也会像接待剑桥孩子们那样来接待我么？

十月十三日，我从哈佛大学踱到布莱特尔街105号，一幢奶黄色的十八世纪中期的两层楼建筑。美国诗人郎费罗从1837年到1882年一直居住在这里。因为太早，故居门还没有开，我便一个人信步走到故居前郎费罗公园诗人的塑像前。这纪念碑是由丹尼尔·切斯特·弗兰契设计的，和哈德逊河边华盛顿、欧文的纪念碑相似。周围一个人也没有，新英格兰的镇竟是这样的宁静。我见到碑的中央桂冠上写着："诗人"，下面雕刻着郎费罗作品中的代表人物的形象：忠贞于爱情的伊芙吉琳，村庄打铁铺的铁匠，海华沙的印第安酋长和清教徒移民先驱迈尔斯·斯坦迪西。

故居与公园隔一条柏油马路，故居外面院子的木栅门开着，我一个人沿着小径走进院子里。院子四周种植了紫丁香作为树篱。在屋前草坪上是几棵伞盖般的榆树，这是诗人在1844 年从哈佛校园里移植来的。故居右侧立着一棵苍老的德国椴树，有上百年的历史了。房后修建了三个半弧形的贴墙而立的白色凉亭，这是诗人的“愁眉不展的爱利丝，笑哈哈的阿莉哥拉和金发的伊迪丝”读书的地方。花园完全按照诗人在欧洲见到的一座意大利花园设计、布置的，花卉青草装饰成一把古希腊竖琴的模样。在小花园的中央是一只日晷，日晷上写着但丁的诗句：“想想吧，今天的黎明将永远不会再来了。”仿佛身边的垂枝杉树、野酸苹果树、月桂树和脚边花坛里的苍兰都在说：想想吧，生命消逝了，生命就永远不会再来了。这是诗人的声音么？

故居的门打开了，博物馆馆长勃利安·道赫迪先生从木板的长廊走来迎接我。我这次来是带了一件东西给博物馆的——董恂译的《人生颂》，中国最早译成汉语的英语诗歌，当我在北京时，我见到施咸荣，他前几年作为富布莱特访问学者在哈佛住过，他说起曾和郎费罗博物馆馆长谈起这首汉译的诗歌，因为那把题诗的“官老爷扇子”一时不知去向，馆长对此诗极感兴趣。于是，我行前就去把北京大学 1981 年第 1 期《国外文学》刊载的钱钟书先生考证的文章《汉译第一首英语诗〈人生颂〉及有关二、三事》找来，一路带到了哈佛大学。道赫迪先生如获至宝，当场将文章影印下来，他顺便印下了杂志的封面，将它们订在一起，成了一本很精致的小书。

这简直是一个谜，“第一首译为中文的偏偏是《人生颂》”；“历史也像调皮捣乱的小孩子，爱开玩笑、捉弄人”。然而，我想，这是不是一种超自然的中国的良知被一颗美国诗人炽热的热爱人生的心所感染了呢？我无从回答。

我沿着铺着天蓝色地毯的梯级上了楼，楼梯拐弯的平台上放着一只巨大的荷兰自鸣钟。我走进了郎费罗在1837年刚搬进这幢房时住的房间。在美国独立战争期间，华盛顿从1775到1776年曾和夫人玛莎住在这房间里，“是的，就是在这房间，他坐在那儿，在那些忧郁的时光，心力交瘁……”。据说，华盛顿就是在这个房间里酝酿成熟美国必须脱离英国殖民统治而独立的思想。也就是在这房间里，郎费罗于1838年7月26日写成他的《人生颂》的那天，诗人去拜访他的新婚的朋友康奈利斯·费尔顿（狄更斯曾经将他描述为“最热诚的希腊文教授”，后来成了哈佛大学的校长）。费尔顿夫人丰腴而美丽，有一对欢快的眼睛，当他们聚在餐桌上和嗣后坐在长廊上交谈时，郎费罗发现她极为可爱、健谈、睿智，而他“完完全全的幸福——就像一个两手捧满鲜花的孩子”。诗人被感动了，被一对新人的幸福感动了，被一个象征生命、春天和泉水的女人的美感动了，他同时为自己失去的妻子而惋惜。这是一种奇异的感情和人生的经验。回到房间，他没有上床，却孑然坐在窗前，默默遥望远处闪闪发光的查尔斯河。在桌上放着一张邀请他赴宴的卡片，他随手拿起卡片，就在上面写道：

> 人生是真正的！人生是实在的！
>
> 坟墓并不是它的目的地……
>
> ……
>
> 不要相信未来，不管未来多么美妙！
>
> 让死亡的过去埋葬死亡吧！

《人生颂》刚出版的时候，还有几行从克莱肖的诗中摘引的座右铭：“人生，直到它的终点都是一个挑战，当它来临时说，欢迎，朋友。”

当诗写完后，郎费罗并没有立即就发表，他觉得这只是对自己灵魂说的话。直到九月，哈佛开学之后，一次，他去学校讲歌德的课，突然心血来潮将诗稿带上，在课末时念给学生们听。他在时代青年的心灵中听到了诗的回音。

人生应该是有爱情才是美的，才是充实的。在餐室一半中国、一半日本风格的供桌上方，那位把美丽的脑袋枕在丰腴的双手上的少女是谁呢？这么鲜亮，动人，永恒的青春仿佛常驻在那一对富有神色的眼中。她是芳妮·爱泼尔顿，朗费罗的夫人，一个有良好教育、周游过世界的女人。她给了诗人十八年的幸福，然后就悄然逝去了。多年后，诗人在《雪的十字架》中还说：“这就是垂挂在我胸前的十字架，这十八年，经历了所有的变迁和沧桑，然而自她去世之日起，一切就成亘古不变的了。”是的，这饰有镂雕望柱的楼梯，这有大理石壁炉的房间，这蓝色的过道，原来是充满了爱，充满了笑声，充满了欢乐的呵。人生的遗憾竟是这样的多。

郎费罗还在他的书斋里写诗吗？还坐在他那张圆桌前的椅子里，倚在一块倾斜的木板上构思他的诗句吗？楼下，一个多么宁静、多么富有诗意、充满多少人类伟大思想的书斋。那张盖着桌布的桌子还在那儿，郎费罗最早出版的诗集、但丁诗集、一本关于印第安人的书，依然安放在那儿，英国诗人泰勒·柯勒律治、齐治·克莱勃和爱尔兰诗人汤姆·摩尔使用过的墨水台还在那儿，然而椅子是空的，诗人早已不在了。他寂寞吗？他并不寂寞。书斋里悬挂着他朋友们的肖像：超验主义哲学家、诗人爱默生；缅因州宝顿学院同学、文学家霍桑；一头浓密的头发，深深的眼眶，似乎有些腼腆，似乎又充满了力量，总是很幸福的费尔顿，郎费罗到哈佛大学后遇见的第一个朋友，他们在柯克兰德街——教授街——共住在一起过。在壁炉上面挂着一面法国吉伦特式的凸圆镜子，镜子上面雕着一只鹰，鹰停栖在一个由链与球组成的垂花饰上，镜子两边有两头海豚。镜子下面是四个翘起的蜡烛插座悬饰。镜子里映着红色的窗帘、绿色的台布和棕色的饰有竹枝的墙，典型的十九世纪八十年代的情趣。这小小的书斋可以说是全世界诗人集会的殿堂：在细雕精刻的橡木书架上立着维吉尔的半身像，“为了他独自一个卧倒在崖石下面，甚至月桂和柽柳都落下泪珠点点”。书橱上还有莎士比亚的半身铜像，这位巨人的诗剧和诗就收集在下面的柜中。窗边圆桌上放着一只齐胸的供人立着写字的台子，台子前站着歌德的身影，似乎在俯视每一句诗行；郎费罗曾经站在那儿一边瞧着草地那边潺潺而流的查尔斯河，一边写诗。他为什么要把歌德放在那样一个位置呢？难道他希冀从歌德那里得到鞭笞、鼓励和驱策吗？难道他心中想到歌德的诗：“我昂然坐在这里，按照自己的形象造人，创造和我同类的种族，让他们受苦和哭泣，享乐和欢腾”吗？诗人一直酷爱但丁，他将但丁的站像放在书斋正中的墙上，“沉思的脸，忧郁，庄严的眼睛”，“你神圣的歌就像最后审判日的号声”，空中仿佛回响着但丁严峻的诗句：“走进这里的人们，放弃所有的希望吧。”

在壁炉的右边放着一把非同寻常的椅子，椅子是用栗木做的，郎费罗在《乡村铁匠》中描述过这棵坐落在布莱特尔街和斯托利街交叉口上的给乡村铁匠铺遮荫的栗树，铁匠铺离郎费罗住宅不远，他每天都要路经那里。他赋写了一首他自己称之为“新的《人生颂》”的《乡村铁匠》：

在一棵巨伞般的栗树下
　　有一家村庄的打铁铺
打铁匠是一个粗壮的男子汉
　　一双粗大而结实的手……
谢谢，谢谢你，我尊贵的朋友
　　为了你给予的启示！
我们的财富
　　必须在人生的火焰中锤炼
在它那当当响的铁砧上
　　敲打出一个个炽热的行为和思想。

1879年剑桥镇当局因大树妨碍交通将其砍伐。剑桥的七百名孩子们每人捐一角钱用栗树做了一把椅子，椅子漆成黑色，雕刻上欧洲七叶树树叶和《乡村铁匠》的诗句，中央是诗人的肖像。孩子们在郎费罗七十二岁生日那天将椅子赠送给了他。赠送仪式在哈佛大学桑德尔斯剧院举行。郎费罗和每一个孩子握手，作了一个简短的、愉快的发言。他邀请每一个孩子到他家去在那把椅子上坐一下，并馈赠一份他当天写的诗《从我的扶手椅》，诗句中充满了这位老人对世界未来的爱。他说：“只有你们的爱和回忆，可以赋予死木以生命，使这些早已无叶的枝干，重新在歌声中开出花来。”

郎费罗的朋友罗奇·蒙迪在一次圣诞节的晚上在路上遇见一个十二岁模样的小姑娘，小姑娘询问郎费罗住在什么地方。他说沿这条街往下再走一会儿，如她愿意的话，他可以带她去。

“你认为我可以走进他的院子吗？”她问。

“哦，当然，”蒙迪说。“你要是往右边的房间瞧，你也许会瞧见一个白发的老人在读书。那就是郎费罗。”

蒙迪透过一扇窗户瞧见郎费罗的背，没看见脑袋。他走进房间，对郎费罗说，“请往窗外瞧瞧，向那位小姑娘顶礼膜拜吧，她想见您。”

“她在哪儿？”老人赶紧走到门口，向那小姑娘招手：“来，小姑娘，来，小姑娘。”她走上前来，他握住了她的手，询问她叫什么名字。他请她走进屋子，带她去看楼梯上古老的钟，孩子们坐的椅子和搜集的各种各样的纪念品。爱孩子才会爱人类，才会懂得爱人。孩子总是给诗人如此的快乐，“树枝间的鸟儿歌唱，甜蜜而熟稔；而孩子的声音，惟能在梦中寻觅！”

我在书斋里盘桓、留连，我在歌德像前的书桌边站立了一会儿，突然间，我眼前闪过一个形象，一个不屈不挠的形象，一个美国人的形象，这形象当我是一个大学生的时候，就紧紧地扣住了我的心，激励过我不顾一切地往前，那就是：“更高些。”郎费罗是在1841年9月创作这首诗的。一次，诗人在院子里捡到一张碎纸，仔细一看纸上印着纽约州的纹章：初升的太阳，一句拉丁文座右铭：更高些。他将纸拿到书斋，默默地端详纹章，便写起诗来，这是另一首《人生颂》，诗句像泉水一般自然地从笔尖流泻出来。他歌颂苦苦追求几乎是无法达到目标的灵魂，即使前程异常渺茫无定，他坚持相信在未来的一天总能抵达自己的终点。更高些！那百折不挠的青年，那旗帜；他不怕头顶上酷冷的冰川和前面致人死命的急流险滩，他无视老人多余的规劝，他不留恋家中温暖的壁火和姑娘温存的胸脯，毅然决然地像一个殉道者一般地去攀越那高度——毋宁是死亡与胜利的会合——永恒的不朽的报应。这是一种什么样的充实的人生的颂歌啊。

选自《散文》1989 年第 3 期

夜光杯与卢舍那头颅

赵海洲

每每吟着唐代王翰那首《凉州词》一股苍凉的感情油然而生，不！应该还含着几星泪花。

如今用不着到凉州，你就可以饮到这个奖那个奖的葡萄佳酿，诸如长白山通化葡萄酒，烟台张掖葡萄酒，还有河南的民权、湖南的千山红等等。要是讲到夜光杯，在盛产岫玉、南阳玉、蓝田玉的地方，还见不到这种千年来久负盛名的宝贝儿。

有葡萄美酒而无夜光杯，确是一种美中不足。我问酒君子，夜光杯何处有？酒君子皱皱眉头，连说“惭愧！惭愧！”

这次万里丝路行，我见到了渴望已久的夜光杯。

“夜光杯！”

在敦煌街头，“夜光杯玉器厂”的霓虹广告灯眨着诱人的眼睛。

我踱进了敦煌玉器厂的陈列门市部，那大大小小，高高低低的夜光杯，在玻璃柜内闪着墨晶般的光泽，仿佛是问我：

“你读过王翰的《凉州词》吧？”

“我读过，而且很喜欢！”我心里暗暗地在回答。

“你认识我吗？”墨色晶莹的精灵眨着眼，那眼神是诡谲的。我看得很明白。

“早已闻名，相见恨晚。”我心跳得很厉害。

夜光杯，在王翰的唐代之前应该是有了，《穆天子传》中西王母献璧玉给周穆王，那时是否有了玉雕的夜光杯，尚无确实的佐证。汉代张骞出使西域，是否带回了夜光杯？霍去病抗击匈奴，痛饮御酒的时候，用的是什么酒具？历史都没有向人们明说。

中国历代酒器多，诸如觚、爵、杯、盏、盅，可是人们总总不忘情于夜光杯，这不能不说是得力于王翰的这首《凉州词》了。

“夜光杯，敦煌有，凉州有，酒泉也有，仅甘肃省有十五个玉器厂生产这种名曰夜光杯的玉杯。”

从北京玉器厂来敦煌支援的鲁厂长，介绍了他们玉器厂的产品后，也未忘记介绍甘肃省风起云涌地刮起生产夜光杯的热潮。

祁连山产美玉，早有史记载，而绕着祁连山麓的河西走廊的诸城市，采祁连山之玉，雕夜光名杯，也是顺理成章的事。

“好一座卢舍那彩塑！”

我正欲掏钱买下两只高脚夜光杯的时候，一声吆喝把我吓住了。我掉头一看，一尊人高的彩塑佛像屹立在厅中。

卢舍那，正是莫高第45窟有名的彩塑菩萨像。

如果说南北朝的塑像，其体态是瘦削而清癯的，其装饰是简单而朴素的；那么这座彩塑菩萨像，他的体态是一洗魏晋清癯之风，而呈丰腴富态；颈项的缨络和下身的饰物是堂皇绚烂的，充分显示盛唐的壮美。

丰腴而裸露的上身，不无印度犍陀罗和西藏密宗艺术的痕迹，那只鼻子自然使人想起古希腊的雕法；而盘着螺形发髻的巨大头颅，正是盛唐时期一种中国佛像的象征。如今，在这里它以君临一切的气度屹立在厅中，多酷似古希腊的维纳斯，瞧它的微笑,若有所思而又神秘的微笑,仿佛是说:波斯的、印度的、希腊的文化,来与我大唐文化结合吧!

君记否？一个中国皇帝梦见了释迦牟尼，于是恒河流域的文明,翻过葱岭,沿着丝绸之路来到了黄河流域,而黄河流域的文明在驼铃声中,西出敦煌,进入了恒河流域,相互融合,灿烂的文明火矩燃烧起来了。

自然,这颗象征东方文明融合的卢舍那头颅,创造了最引人入胜的人类的奇迹。引起了中外游人的惊喜。今年，旅游敦煌的四十二个国家的文化参赞捧着这颗彩色粉塑的卢舍那头颅的时候,哪能按捺住感情的闸门,惊呼道:OK! The great symbol of culture!（汉意是:好啊！伟大的文明的象征）

这时,不知为什么,我似乎忘记了夜光杯对我的诱惑,而选购了一颗彩塑的卢舍那头颅。我喜滋滋地揣着它，仿佛是拥抱着盛唐的气度,东方文明融合的结晶。

选自《散文》1989 年第 11 期

大　地

周彦文

当我在万仞高空的飞机上待得很久以后，真想急切地返回到苍茫的大地上。

当我受尽风浪的颠簸，乘坐海轮归来时，遥望海岸，真想一步就踏上那扎实的大地。

当我久居高楼，便渴望着踏青、郊游的欢乐，作为案牍劳形的报偿。

我们的财富都来源于大地——粮食、鲜花和美酒，乃至一切的一切，我们的血液中流动的不少元素，在大地中也有丰富的储量。

大地是我们活力的泉，也是我们生命的源。

我们一生都吮吸着大地的乳汁。最后，我们又将投入大地的怀抱，直到和它化为一体。中国农民有句谚语："人吃土一世，土吃人一口。"

有一户人家从平房搬上了高楼。几位老人连着几年都没有下楼。结果，他们一起患了一种莫名其妙的病：浑身无力，萎靡不振。吃过许多药都无济于事。末了，还是一位医哲点破了病因。于是，他们从高楼下来，不久便恢复了精神。

希腊神话中那个无敌于天下的英雄安泰，也许并非虚构。它可能来自一个生活中特异功能者的原型。我虽然没有见过这样的人，但在草原上见过马这种动物。马白天赶路，全凭夜间抓紧时间吃草，压根没有空睡觉。而一旦疲困至极，只要躺在地上滚几下，就立即像充了电似的，精神抖擞起来。

这是不是大地母亲赋予它的力量？

在中国的神话传说中，最高统治者玉皇大帝往往把触犯了他的神仙打入凡尘。他以为这是对他们的惩罚。其实，这正是成全了他们。那些回到大地上的神仙，反而活的很好。犹如那些被封建皇帝贬为庶民，逐出宫廷的臣僚，由于投入人民的怀抱，反而能作出先前未能做出的业绩。

孩子在大地上玩耍，风、阳光和清新的空气，赋予他们许多肉眼看不到的养分。在大地上玩耍长大的孩子是聪明而健康的。假如孩子从小不接触大地，生活在空中楼阁中，尽管我们给他们吃山珍海味，也只能像盘子中生出的豆芽。

在原野上行走，发现蜃气在远处清波似的流动着。农民说，那是地气。实际上，这种地气在我们的身边和脚下都有。只不过，距离近，就看不见罢了。在大地上行走，全身心沐浴在地气里。正如各地的泉水差异很大一样，各地的地气也是不同的。有的地气，可能有益于人的大脑的发育，有的地气可能有益于骨骼的生长。有的可能对男子有益，有的则可能适合于妇女。“清涧的石板，府谷的碳，绥德的婆姨，米脂的汉。”莫非人也是大地的特产？我国春秋时代的政治家和外交家晏子曾经说过：“橘生淮南则为橘，生于淮北则为枳，叶徒相似，其实味不同。所以然者何？水土异也。”橘和枳为何物，我没有比较过，但我吃过内蒙古河套叫华莱士的密瓜。同样的种子，河这边和河那边种出来的有天壤之别。仅仅是一河之隔呀。为什么同样的黄种人，生长在北方就剽悍粗犷，而南方人却细嫩清秀？我见过漠南山寨的蒙古族同胞，他们和北方的同族简直是大相径庭。如同植物有根一样，我们人也许是有根的。只不过人的根比植物的更加复杂微妙罢了，用肉眼看不到，用手摸不到。它是一个看不见，摸不着的存在。

世界上还有许多没有解开的司芬克斯之谜。大地本身就是一个神秘的存在。它驮载着山川，养育着万物，内里翻滚着炽热的岩浆。它的力量大得不可比拟。无论是什么人物，都会在它面前显得渺小。

所以，即使你变成一只飞动神速、灵巧自如的春燕，也不能不用大地上的泥土筑你的巢；即使你变成一只雄鹰，鹏程万里，君临天下，也不能从大地上抽走你的影子……

选自《散文》1990 年第 1 期

秋雨滕王阁

熊光炯

在这种日子、这个时辰登上峻工不久的滕王阁，确实别有一番滋味在心头。房舍、街道、花木、行人……周围的一切都被季节的风雨褪了色，而新建的滕王阁竟似乎是超然于这一切之外的。登斯楼也，则仍见层楼耸翠，“飞阁流丹”，在冷色的氛围之中呈露一派暖色。登高送目，便进入了王勃所写的“上出重霄”、“下临无地”的境界。它在风中、雨中、天地之中，以一种凛然的气势，俯视着脚下岁月一般流逝的江水和江水一般流逝的岁月……

落霞与孤鹜此刻是欣赏不到了，但秋水与长天却历历在目，而且此色仍不减王勃当年。凭栏远望，但见水濛濛、雨濛濛、汀渚濛濛、远山濛濛、长天濛濛……引得我心中的思绪也迷迷濛濛……

王勃的诗名，我是儿时从一位算术老师那儿得知的。课中，那位须发斑白的老师讲了一个故事：王勃诗才不凡，即席作滕王阁序，文中最得意的两句便是“落霞与孤鹜齐飞，秋水共长天一色。”后传说王勃在回乡省亲途中溺水而死，但死亦为鬼雄，每有客船过溺水处，王勃便兴风作浪，从哗哗的水中涌出，披着湿漉漉的长发作厉鬼状，口中喃喃吟诵“落霞与孤鹜齐飞，秋水共长天一色……”，直教过客为其诗文折腰叩拜方罢。某日，又有一位墨客乘船而来，王勃的鬼魂又作涌遏舟，浪声骇人。岂知这位墨客胸中墨水不浅，指着王勃的鬼魂喝道："你小子休得狂傲，那两句我便可与你改了，这'与'字、'共'字，便是赘词，完全可以删去！"王勃的鬼魂闻言，顿感羞愧不已，复没水中，浪涛骤息，自此水静如昔……

近三十年了，这个故事、那位老师，还有人杰王勃仍然时时一起从我心海中冒起，清晰如昨。后来，我又读了几本书，始知王勃这两句是翻脱北朝庾信的"落花与芝盖同飞，杨柳共春旗一色。"但王勃脱胎脱得恰到佳处，这也是才气功力使然，他狂得有理。

文人以文狂，武人以武傲，自古并不鲜见。王勃在昔年都督阎公的胜饯上即席作序并赋诗，便颇有几分书生狂气。他果然语惊四座、才盖高朋，而不负盛名。他确实狂而不妄，今日这巍然矗立的江南名阁便是明证。因为有"阁"，故而有王勃的"序"并"诗"，衍至后来，则或许是因为有王勃的"序"、"诗"，然后才有"阁"了。据载，自唐滕王元婴第一次建阁至今，凡一千三百余年，其间毁建达二十八次之多。究其毁因，又多罹难于武人的兵火。一把火可以焚毁一座名楼，一把火却焚毁不了一篇诗文，这便是这座滕王阁屡建屡毁，而又屡毁屡建的原由吧。序因阁兴，阁因序存，此可谓："王勃诗序千秋在，江南名阁万古春。"

秋风秋雨之中，我在滕王阁的高层留连。此刻游人比肩接踵，并不因风雨而熄灭了游兴。江南父老们终于能饱览名楼的风姿神韵，那位儿时的先生倘若还健在，也当登阁放眼，望着滔滔的江水感叹一句"逝者如斯夫"吧！

我深为王勃庆幸，二十八岁年华，得此不朽诗文，此生亦已足矣。任何风雨岁月，任何蛮愚野火，都不能泯灭其诗文的光辉。忆想间，恍惚见到迷濛的波涛中，王勃哗哗地从水中涌出，对着巍巍高阁仰天吟诵：“落霞与孤鹜齐飞，秋水共长天一色……”

噢，王郎，建阁盛事，你九泉有知了！

选自《散文》1990年第4期

一抔黄土，掩不住风流

颜小平

像一个古老的传说，美丽而悲怆。

大雪纷扬，飞沙走石。焦裕禄说他没有资格坐在火炉边喝热茶。

风雪中，一群饥饿的人向他伸出双手。

他把自己的生命扔在沙堆里。悠悠黄沙，一行叠一行的脚印，从远方来，又到远方去，时间和空间在这里延伸、再延伸……

人们说：他是县委书记。他说：我是您的儿子。

藤椅上的窟窿，茶杯盖，死死顶住。他终于没有顶住，带着他体温的笔滑落了，他栽倒了！

他忘了从沙堆里捡回自己的生命。

他来得太晚了！他走得太早了！

人们说他不曾倒下，永远也不会倒下。世界因他而美丽！

一抔黄土，掩不住风流。

选自《散文》1992年第3期

“无人识者未必无”

李　旭

一九二〇年的一天，客居北京的齐白石到一个大官家去应酬，满座都是达官贵人，他们看齐白石衣着简朴，面相又生，便没人搭理。这场合使齐先生非常尴尬，后悔不该贸然前来，自讨没趣。却不料当大名鼎鼎的梅兰芳来到时，竟特意走到齐白石跟前深深地施了一礼，然后又很恭敬的陪白石老寒暄了一阵儿。这使那些显贵们大感惊奇，便也纷纷凑过来附庸风雅。事后，齐先生为了感念梅兰芳的赏识，精心为他画了一幅《雪中送炭图》，并在上面题诗云：“……而今沦落长安市，幸有梅郎识姓名。”（见《白石老人自传》73页）

以往，人们无论是闲谈，抑或写文章引用这段佳话时，总是由赞美梅先生始终如一的操守、谦谦君子的修养而发，批判那种“人一阔脸就变”的庸俗市侩作风，却从未对齐白石的做法，进行过深入的分析。要我说梅兰芳的举动也没啥太特别太感动人的地方，大师嘛，讲文明懂礼貌，不以外表取人，是最最起码的。倒是齐白石的态度令人费解。本来，在俗人处受俗遇，于高人处得高遇，对齐白石来说，都应表现得不亢不卑，所谓得意淡然、失意泰然是也，这方能显示出一个艺术家的不拘小节、淡泊洒脱，一个文化人的内涵与自信；再进一步从更高的层次上要求，在宠辱不惊的背后，乃是一份“结庐在人境，而无车马喧”的宁静自由的创作心态，一种“世路如今已惯，此心到处悠然”的参禅悟道的哲学意味。但他何以不惜笔墨的小题大作、变雅为俗，又是作画又是题诗的厚报呢？个中三昧，不妨直言：名人嘛，走到哪儿都该产生“轰动效应”才是，平时被捧惯了，一旦离开鲜花和掌声，也就失去了心理平衡，难免有些微悻悻然。不过，设身处地想一下，又完全可以体谅：堂堂丹青妙手，赫赫国画大师，却栽在京都上层的社交场所，芸芸众生居然有眼不识泰山，如此这般，谁又能愉快得起来呢？可见，这次冷遇的确刺伤了齐白石的自尊心，否则他怎能“后悔不该贸然前来”，又何必“自讨没趣”云云，就更无须对梅兰芳致以重谢（常规是惜墨如金）了。

这样来谈齐白石，未免苛求，但好在我之本意绝非鸡蛋里面挑骨头，捞名人的稻草作自己的羽毛。只不过想“借题发挥”的提醒一下，要真正进入“疏瀹五藏，澡雪精神”的虚静状态，进而达到“千江有水千江月，万里无云万里空”的澄明境界（这两点在创作心理学中至关重要），是殊为不易的。即如齐白石这样的大家，有时亦未能免俗。但无论艺术也好，文学也罢（宗教和哲学更不在话下），又实在是一项顶顶孤独寂寞的事业，赶时髦、凑热闹是绝然修不成正果的，更甭提把文学艺术当作敲门砖、登龙术的满身虚荣与机心之辈了；至于颇有市场、相当走俏的花拳绣腿，用来沽名钓誉尚可，拿它打天下则实难。是以，几多先天禀赋甚高，后天又不乏勤奋刻苦之人，仅仅是由于心境浮躁、性情不定，就决定了他们一辈子只能在文学艺术殿堂的门槛敲敲边鼓，至多亦不过火红一时成为过渡性人物。当然，昙花一现、流星一闪，尽管“那一瞬间如此辉煌”，但毕竟是短期行为；譬如大型器乐曲的前奏，是不能指望它来实现审美愉悦的高潮的。而要深入到艺术本质的里层结构(对应于表层结构),以期作品的丰富性厚重感,在有限的篇幅内传达无限的魅力,首先须得摆脱功利和舆论的束缚,决不可沦为这对儿双胞胎的奴隶。因为一个人的价值,尤其是文艺作品的价值,常常是盖棺亦未必能够论定的。例如梵高与曹雪芹,他们的作品生前不求人知,人亦不知,致使终生饥寒交迫、贫困潦倒。我想,倘若当时曹雪芹玩几篇趋炎附势的马屁文章,梵高甩几笔迎合时尚的违心之作,怕早已是精神和物质的双料贵族了,断不会一辈子"凄凄惨惨戚戚"的。可他们却偏偏都是些视艺术如生命甚或重于生命的人,绝对不肯亵渎心中的圣灵,而向世俗与潮流采取合作的态度;一如良家女子、贞洁烈妇,哪怕做个下人,沿街乞讨,也决不浓施粉黛、倚门卖笑。于是,那由心血与智慧结晶的作品,成为他们青春的"再版",成为他们生命的高级阶段,他们在艺术中获得了永恒,完成了人生的美学意义。从而为后世留下的,就不仅仅是艺术享受了,在他们的生命哲学中,读者将领悟到更深刻的况味。而二三流的文艺家则不同了,随着物质生命的完结,其精神生命也一并消失,这种"同步现象",才是文学艺术家的真正悲剧。现在曹雪芹的《红楼梦》周而复始轮回似的不断印刷,梵高的一幅画的纽约拍卖行以五千多万美元出手,细想一下,也没什么可意外的,伟大的作品本来就是超越时代的,又何必太在意眼前一时的是非得失、热闹冷清呢?所谓"有人识者未必有,无人识者未必无",此中自有"思辨哲学"存焉。

因之我敢说,对那前倨而后恭的境遇,齐白石倘能做到心海如镜、无悲无喜,那么他的作品档次定会更上层楼。过于注重别人对自己的看法与评价,不但活得沉重,且会丧失自我,尤其作为文学艺术家，当是一怀清风明月，一派雅人深致，干嘛要被名声所累，独受夜阑人静时的“精神折磨”呢？故《汉书·扬雄传》有言曰：“默默者存”，这真正是体会到了平凡人生的精微之处，散发着艺术和审美的芬芳，充溢着和谐与平等的温情，意思再好不过，只是用词稍嫌实在了一点儿，不似苏东坡的“万人如海一身藏”富有诗意，然庄子的“天地有大美而不言”则更妙，不特是诗化，并兼有哲学化了。这就难怪他们的思想博大精深，学问富可敌国，原来竟是这样一种人淡如菊的境界，这样一份云水悠悠的心情。

选自《散文》1992年第7期

人心一杆秤

陈 益

人心一杆秤，秤别人，也秤自己。当然最难的是自我衡量。一双眼睛在盯着别人的时候，往往就顾不上看自己了。于是便需要有自我审视的第三只眼睛。

何况世界上没有哪件衡器是绝对精密无误的。失衡，失重，以至失控，构成了秩序与反秩序的嚣嚣攘攘。

古人说，知人则哲。

我想说，自知则圣。

“人间如梦，一樽还酹江月。”当苏轼在浩荡东去的长江边唱得气势磅礴时，也含着泪，水将一樽热酒浇地而祭，抒发了壮怀难酬的慨叹。

显然，他是有自知之明的。任何一个处于失衡状态的艺术形象，都因为个性鲜明而令人深为感动——永远的平衡，唯独机器人才能具有。

孟子说过，人必自侮，然后人侮之。

尊严是为人的基本要素。

获得尊严的途径颇多。可以凭显赫的权势、凭炫目的财产、凭诡谲的计谋，也可以凭扑朔迷离的欺诈。然而像泰山一般令人景仰的，却是气节。

所以，陆游写道："高标逸韵君知否？正在层冰积雪时。"

所以，谭嗣同以"我自横刀向天笑，去留肝胆两昆仑"的诗句在狱中题壁。

所以，当日本友人晁衡乘船回国，途中遇险，李白误认为他溺海而亡时，写下"明月不归沉碧海，白云愁色满苍梧"的诗句挥泪志哀。

难怪所罗门——以色列的国王以诗人的口吻说："看风的人将不能下种，看云的人将不能收获……"

原来尊严并不唾手可得。

自尊，说白了，就是自己看得起自己，把自己当作个人。不受尘埃半点侵，清越而瑕不自掩。

但，尘世苍茫，人情纷杂，我们不可能将自己的形象放在佛龛内供奉，陶醉于狭窄的安谧。

我想，如果把自尊比作一道护卫心灵的长城，那么长城必定是用拌有血汗的一砖一石垒砌而成，才坚不可摧。

同样，如果长城上有烽火台有箭楼，也应该有随时可敞开的城门。

选自《散文》1993 年第 4 期

电视广告印象

吴 忌

两周前的一个深夜，隔壁突然传来男主人一阵骂詈声，其音量与频率是人们通常在怒发冲冠的时候才使用的。可只是仅此而已，并没有传出回骂声以及摔杯子砸暖壶的迹象。这位芳邻究竟怎么啦？虽然没有床前明月光的陪伴，我也痴痴地开始了静夜思。好不容易想出的几个答案，却都被我自己否定了。可以肯定的是，那显然不是夫妻干仗。既然不属家丑，也就不妨外扬。次日我汲汲地请教其原因，邻人赧然一笑解释说，那阵怒火是对着电视台的。一场难解难分的美国职业篮球赛戛然中断，强行塞进一串广告。电视台赖广告而正常运转，也因广告而招来唾沫，真是成也萧何，败也萧何，确是无可如何的事情。

平心而论，电视广告并非全都了无足观。相反，其中的一些特殊者要比许多电视剧更具观赏价值。它们有自己的一套取胜之道：开门见山，直奔主题。通俗易懂，老妪能解。恪守言之有物、文章合为时而著的老规矩。不像有的电视剧一样，用嫂子象征黑土地，曲里拐弯，让人如坠五里雾中。也不像那些一边倒的直播足球赛，我方节节败退，直叫人担心万里长城也被他们输掉了。尤其是广告以具结构奇快，场面热闹等优势，受到了那些尚未发蒙的婴孩的欢迎。他们尽管生活在浑浑噩噩迷迷瞪瞪的世界里，许多人还只知其母而不知其父，对这种广告却可说是生而知之。其证据是他们能根据镜头的变换而作出已经意会了的反应，有时甚至会激动得不知手之舞之，足之蹈之。

在我看来，即使是电视广告一无是处，电视台在这点上也是理直气壮的。我们既然看了人家难解难分的球赛和环环相扣的电视剧，就有义务心平气和地消受它的广告。就像在市场上买菜，假如你在讨价还价上取得了胜利，就不要想得到足斤足两。万事万物正是因为缺陷才显得真实可感，可望而又可即。一旦到了尽善尽美的境地，就会让人产生梦幻感荒诞感。

在花花绿绿的电视广告中，有两类给我留下了很深的印象，它们肯定也打动了不少消费者的心。

第一，高帽子型。只要戴上了某某领带，就是货真价实不掺水分的男子汉。使用了某某洗衣粉，就是新时代的贤妻良母。购买了某某拖拉机、尿片、脂粉就是正确的聪明的明智的选择。这种广告与街上相面人的做法有异曲同工之妙。相面人无一例外地要在摊位中赫然写上两行大字：将军下马问前程，君子留步看后运。未相面之先，就被戴上了"将军"与"君子"的高帽子，谁心中都会暖洋洋得可以烧开水泡茶。现今时下，人们的胆子普遍大了好几倍，况且我们一向除了对绿帽子心存怵惕之外，对诸如草帽、纸帽、乌纱帽都是来者不拒的，哪个还在乎广告里那几顶不怎么合尺寸的高帽子？于是，货物因不要原料、造价为零的高帽子而畅销。

第二，明星推荐型。明星是我们生活舞台上的大红角，更是情与爱的储蓄所。不少人都把敬业交友、事老抚幼剩余下的感情寄托在他们身上。可是明星们平日里显然有些迷离飘忽，像犹抱琵琶半遮脸的歌女，似见首不见尾的神龙。我们的处境简直如同三伏天里的农夫，他们久旱盼甘霖，却只闻雷声不见雨下。我们整日喜欢着崇拜着明星，却只能从小报上了解其行踪，难得见其真面目。而当明星们在电视上做广告的时候，他们不仅频频向我们显露倾城倾国貌，而且还主动地与我们对话，亲昵地劝告我们去买某某牌子的货物，并一再声称那是他们最喜欢的牌子。多数人听完恐怕会感激涕零，接下来就是原封不动地照他们说的去做。

这样一来，似乎明星就是最好的购物向导，这显然站不住脚，我们这些蓬蒿人肯定在什么地方上当了。原来明星们是滥用了我们对他们的信任和爱戴，他们巧妙地把自己的专业信誉暂时转化为销售信誉。问题就出在这里。这有点像"文革"期间，某甲在壁垒森严的造反派别中有了归宿，某乙却千方百计想让甲站在自己的旗帜下，但始终未果。于是，他就请甲的老母代为劝说。实际上甲母的革命理论并不高深，说不出甲何以必须改换门庭的道道，但她靠的是慈母的三春晖。或者竟像平日服膺的理发师傅，见到我们如同隐士出山般须髯飘拂模样，却避口不谈理发事，只是一味地唠叨隔壁饮食店的川菜如何正宗。通过这番类比，我们上当受骗的实质就可以看得更清楚了。

不过，对于少数人来说，他们购物完全是冲着明星的一句话去的，其目的是为了抒发自己的爱憎感情，货物的真赝好坏倒可以忽略不计。他们是一些可以毫无愧怍地说"情之所钟，正在我辈"的人，当然也就不在上当之列了。

选自《散文》1994年第8期

纸上风景

伍立杨

长夜茕独，一灯荧荧，人在都市钢筋水泥的森林里，像一颗悄然无声息的浮沤，有惨悴之容，无欢娱之意。世俗生活的毁人，生趣的消弥，是惊人的。曹寅说“驾驭气每厉，驰驱乐久无。”即感此意而发。这时候读读《中国植物图鉴》之类书，聊可释怀。仿佛春山雨霁，满鼻皆新绿香，而策杖独行，随流折步，意态闲闲。拿这些纸上的花草树木来培养诗意文思，比之读当世未入流文人的干嚎，效果要好得多。若谓野牡丹：叶椭圆形，有短柄，对生，叶面多粗毛，有五条纵行粗脉，夏日，茎梢出短梗开花，花瓣五片，形大，淡紫色，颇美丽。以上说形态。又说它的生态，则谓：常绿灌木，山野自生，分布粤闽川等地。纵目读下去，那些图绘也随文字活跃起来，仿佛是在深山的更深处，虫声清越，浓翠湿衣，空山无人，水流花谢，感觉很舒服。这样的书，其实也就是诗了。比起当世诗歌刊物上呓语来，其差异不啻天渊。蒲松龄翁的小说《贾奉雉》说这贾生学富五车，腹笥充盈，见识也高，却屡考不中，后来从友人劝，以不可告人之谵言妄语连缀成文，却因此狗屁不通的谲词闲扯而高中，连他自己也颇感意外。今世之文论、诗歌、随笔也多类此。

虽置身现代，舟车之利远过古人，然于自然风景的疏离，也过于古人。比起三百多年前的徐霞客来，逊色多了。清寒的士子，俗尘万斛，哪有好怀？更以果腹尚属难期，而舟车之便利，也非能随意假借，故比之有轿夫随行的弘祖先生来，吾侪只好低眉长喟了。“避暑分居，荒伧无度，科头跣足，日伍村农，颇有溪山，足供游眺，唯于风清露白之夜，偶忆故人，辄不胜天各一方之感耳。”这是陈布雷写给胡寄尘的信，读这样的文字，真可以不必亲临溪山了。这是风景引发的人生悲悯。徐弘祖说：“涉涧而南，透峡西出，则其内平洼一围下坠如城，四山回合于其上，底圆整如镜。得良畴数千亩，村庐错落，鸡犬桑麻，俱有灵气，不意危崖绝蹬之上，芙蓉蒂里，又现此世界也。”“乃得引水之塍，其中俱已插秧遍绿；峡中所种，俱红花成畦，已可采矣。”(《滇游日记·第九卷》)看来弘祖先生已融化为自然精灵的一分子了。为道所亲历，他是不避文词繁丽的，更不失质实详密之体。他的形容物态，摹绘情景，都做到雅丽自赏，足以移动人已之情。除了可以怡悦自己的心眼，更可持赠我辈后来者，在如此文字氛围中，似已不必多事亲涉山水之间了！

深山大泽，流峙终古，乃天地法象示人之自然文采，其中有真意，有大美，然而雪泥鸿爪转眼云烟，百年之期若瞬，更兼手足之力有限，故陶写胸次，莫过于纸上的风景。《庄子》说“虎豹之文来田。”是因炳蔚之文采，招来田猎之祸。可见文采，无论自然天成，还是心灵所造之文字，确有一种牵动心目的本质内在力量。况今日工业社会，人类自夸文明，而种种排泄、污物、浊秽、臭气、垃圾，悉数加诸自然之身，土地蒙羞，山川变色，疮痍满目；净土灵境，实已至难寻觅。故欲求出尘之胸襟，赏会山水之心情，亦唯余纸上逍遥一途了。陵谷变迁，有什么法子可想呢！

纸上的风景，搜剔幽秘，如人饮水，冷暖自知。欧洲小说，自夏多布里昂始，描写风景，成为一时风尚。虽游离主题之外，却自有妙趣。五代后蜀韦谷编选《才调集》，他就相信文字词采，其韵之高，可比桂魄；其词之丽，可胜春色。陈从周一部《说园》，议论周匝，文字雅俊，缩龙成寸，点缀疏密，不啻一部胸中之园林。微雨小窗，草木苍然，苏东坡时代的风景，今天已难实指，而其文字心情，仍可一贯。夜来风雨一灯，闭户读书，翻开全唐诗，光是看看题目，也就很有意思了。《塞路晚晴》，《春晚旅次有怀》、《秋宿湘江遇雨》、《寄邻庄道侣》，汉字天然的组合，意境深深，惹人沉吟叩弹。看来纸上的风景，一半是大自然，一半是文字奇妙组合产生的韵味。魏晋诗歌虽窥情风景，钻貌草木，太过重视形似，然在一番雕琢研磨之中，文字的神理，悄然潜伏下来。故虽看若形似，而文字越千年，实形神俱在，顾长康说会稽山川之美是“千岩竞秀，万壑争流。”多少年又多少年，山川非复旧时容，而此文字定格的自然之美却灵性长存不灭。文字意境，其勾勒渲染，所予人者，甚至过于自然本身。可以说，自然山川是第一自然，而文字所表现的自然之美，是第二自然。品藻纸上的风景，是复活了两种自然的滋味，咀嚼不尽，传之久远。更妙的是英国十九世纪文论家罗利拿风景来形容文字奥妙文字世界，这块野蔓纵横，荆棘密布，精灵出没于其间的阴翳丛薮啊！看来有前定宿缘。而汉字的合具象、抽象、想象于一体的艺术特性，恐怕更是首当其冲，培养胸中的山水，求诸故纸已很可宝贵了。

选自《散文》1995年第8期

品味曲线

李清山

感谢上苍造化了曲线，把这种柔美的形态展现给众生：抛物线洒脱，波状线流畅，回形线缠绵，螺旋线奇诡。而曲线曲到了妙处，往往成就了一个饱满的圆。

自然界的物体，多数呈曲线状。崇山峻岭，是屹立着的曲线。江河溪流，是流动着的曲线。大海汪洋，是翻腾着的曲线。湖光粼粼，是抖动着的曲线。一弯新月一道彩虹，飞禽展羽，走兽奔突，是变换着的曲线。花草树木，更以曲线显示媚态，树中莫若柳，花中莫若菊，袅袅娜娜，美奂美轮。

世界上最美的是人。女性美美在曲线，维纳斯的体态就是S形。

世界上最动听的是音乐，铿锵叮咚，嘈嘈切切，记在纸上是线谱，听在耳中是声波，感应在心里是曲线的和谐。

世界上最宝贵的是生命，动物生命的象征是曲线，心电图就是描画。

水波、声波、光波、电波，频率就是曲线。

时间流、信息流、寒流暖流，周期也是曲线。

甲吃乙、乙吃丙，丙吃丁，丁又制约甲，食物链就是曲线链，一环一环如同蛇的蠕动。难怪有人道：蛇形线是最美的线。

春夏秋冬，四时交替，是节气的曲线。

雨雪霜雾，阴晴寒暑，是气候的曲线。

月落日出，晨钟暮鼓，是时间的曲线。

生老病死，花荣草枯，是生命的曲线。

喜怒哀乐，悲欢离合，是情感的曲线。

社会的发展是上升的螺旋线，伟人如是说。你想走直线吗？来个五八年式的大跃进，欲速则不达。

道路是曲折的。我们生活在曲线的状态中。远方游子，家乡来鸿，称亲人病危，迢迢千里万里赶回，方知亲人已故去。打一个曲线，给你感情上一个缓冲，这是曲线的妙处。

好事多磨。磨合的过程就是一个或一串曲线，增加了好事的分量。

有情人终成眷属。曲折就是酿蜜。曲折越多，果实越甜。

颐和园的长廊，一拐一曲一道风景。泰山因有十八盘，极尽弯曲，登顶后才有“一览众山小”的爽快。唐僧取经假如没有那九九八十一难，从西天来个电传了事，还有什么滋味？文似看山不喜平。文学不就是曲的艺术吗？根雕呢？盆景呢？绘画呢？书法呢？朗诵呢？

曲径通幽，绝对是一种意境。也是一个哲理。

看事看人自觉觉他，当有曲线的观点。

大江东去，遇山还要绕个弯儿，有沟坎还要打个涡儿，何况大千世界，哪有那么多一路风顺的事儿。万事如意只是一种祝愿。不能奢望处处笙歌，遍地花红。打滑梯走得顺，一直滑就是万丈深渊。

每个人的生活何尝不是小河流淌呢。在一道波浪风景中，有高潮，有低潮。浪尖上，不一定是辉煌，浪低时，不一定是消沉。允许一个人有奋进状，有蓄势状；有兴奋时，有沉默时。

马拉松长跑冠军也不可能永远是跑的姿势。高音歌唱家也不总唱高腔。所谓直肠子直肚子的人，也不会总是竹筒倒豆子，没有自己的隐秘。

弯弯曲曲的人生，有许多曲曲弯弯的道道。三国鼎立是格局上的曲线，围魏救赵是战术上的曲线，欲擒故纵是谋略上的曲线，指鹿为马是手腕上的曲线。霸道扭曲了政治，专制扭曲了民主，垄断扭曲了经济，两极分化扭曲了分配，不义之财扭曲了金钱，三角恋婚外恋同性恋扭曲了家庭，奢糜扭曲了人生——黄河九十九道弯儿，弯弯绕异化了曲线。

直线是力，曲线是美。自然形态的曲线是美的。社会形态上不美的曲线，要靠理性的直线校正。好在世界上没有绝对的东西，绝对的直线与绝对的曲线都是没有的。线由点组成，连接两点的是直线，你在地球上严格地沿着一个方向，走直线，永远走直线，最后还是回到原地，其实你走的还是一条曲线，因为——地球是圆的。

选自《散文》1995年第9期

兰亭情结

朱以撒

喜爱书法的人们大多把书法史切成两段，以唐为中心，分为唐前、唐后两个世界。如果要说出个缘由来的话，大抵前者供人品味的多却难以言诠，而后者更多地可以用法则、概念来条分缕析。我选择了前者。我喜欢凝重古拙的金文，它常使我想起涂抹在神秘岩洞里的古怪巫画；我又很喜欢马王堆的帛书，那里洋溢着的诡秘奇幻和神灵气息，也常使我如同听到孤寂幽怨的人生感唱。但是这些于我来说都只是留下一个个闪烁无定的印象，直到徜徉在魏晋丰富而幽深的书法长廊里，才感到了有一个难以解开的情结，这就是兰亭。据说日本书法家到中国来，都要到兰亭去走动走动，举着他们背熟了的《兰亭序》，去那儿凭吊一代书圣，是十分虔诚的。前几年有位朋友从兰亭回来，说我有一篇用小楷书写的《兰亭序》被挂在那儿的陈列室里。我弄不清楚什么时候创作了这件作品，又怎样到了兰亭，于是几次外出开会想趁便上那儿看看，只是后来，我打消了这个念头。

据书上说，兰亭在现今的绍兴西南27里的兰渚山麓。由于公元353年暮春，王羲之、谢安、支道林、孙绰等40余位东晋名流在那儿修祓禊之礼，兰亭遂成了书法中人心上的情结。传闻千古绝唱的《兰亭序》就是在这次春游中写成的，因此兰亭又成了心中某种象征。清康熙十二年重建的兰亭遗迹，加上这些年的几度修葺，更增添了它的丰采。只是我很怕亲临实地凭吊会破坏我心中所有的兰亭印象。我的兰亭印象是从《兰亭序》中形成的。这篇优美的散文，其景让人闭上眼睛都可以感到是那样的亲切："此地有崇山峻岭，茂林修竹；又有清流激湍，映带左右"，"是日也，天朗气清，惠风和畅。仰观宇宙之大，俯察品类之盛。"这是一种纯天然的景观，不是人工营构所可以替代的，由于毫不掺杂才可以使这些风流雅士的诗兴大发逸兴遄飞。如果用一个字来概括当时的景象，非"清"字莫属。修竹清嘉，山泉泠泠作响；峻岭清翠，空气清新而润泽；而暮春之初吹拂的风，无疑是清风了。这种感觉在晋人身上是很明显的，就连他们的某些癖好也是如此。王羲之好鹅、支道林好鹤、王子猷好竹、陶渊明好菊、顾彦先好琴，都是很有清雅特征的。不过，后人的兰亭情结，主要还是集中在书法《兰亭序》身上，赏评文字、临摹作品不计其数，如果退一步说，《兰亭序》诚为某些专家论为伪作，那么这次雅集，能给我们留下什么呢？在魏晋书法长廊待久了，你就会发现，兰亭雅集只不过是众多的文人活动中的一次罢了，实在没有可以称奇之处。晋人把《老子》、《庄子》、《周易》称为"三玄"，讨论和阐述对"三玄"的见解是生活的一部分，我见到几张前人的画，那种手执麈尾以助谈锋的形象实在是很有风度的，不像我们以食指点着对方的脸说话。玄学思想的泛滥是文人早熟的酵母，因此兰亭雅集，是文人玄理的辩论，讲文论德的一种活动方式，和"竹林之游"是一样的。现在这些都随风而逝了，只剩下一篇可爱的《兰亭序》，可见人们的偏爱有时也受到遮蔽。

晋人的生死观，可以从《兰亭序》中窥见一二。当我们还沉浸在暮春之初的温馨时，王羲之已将笔锋一转，哀叹起人生之须臾来了。“向之所欲，俯仰之间，已为陈迹，”读过很是一阵苍凉。通常，人们以活得长久为坦然，常常为某人享有长寿而称奇，为某人仅活了三四十岁而唏嘘不已，却很少考虑生命的质量。从能够查到的几位晋书家的年龄来看，他们并没有因为选择了书法而长寿。他们早熟，同时也早夭，王羲之活了58岁，王献之活了42岁，王珣活了49岁，都只相当现代人的中年时期。他们明显地感到了恐慌，因而也抓紧时机享受生活，包括消极和放荡。他们也麻醉自己，用酒，像阮籍居然可以一醉60天。他们也企盼长寿、成仙，因此服食紫石脂、赤石脂这类原料炼成的五石散，王羲之曾高兴地对一术士写道：“服足下五石散身轻如燕”，却不料反短了卿卿性命。不过，他们投射在书法艺术上的生命能量却是让后人汗颜的，在那么短暂的生命旅途上，开拓了一个崭新的审美空间，让长寿者尽毕生精力都难以到达。晋人是用他们的生命浇灌书法的，成仙无望，轮回无望，只有艺术永恒。这样，他们投向书法艺术的生命光束就特别强烈、灼热，穿透力也就特别强大。我感叹晋人在那样的年龄下挥洒出那样的线条来，趁着闲暇，一遍又一遍地翻动这些华采乐章，倾听从里面传来的心声；又像在读一幅幅流动的风景，《兰亭序》、《怕远帖》，都那么充溢着青春的气息。只是回到现实中来，这如画的风景就转瞬即逝了。现代生活已琐屑得让人思行匆匆，生命投向的光束分外分散。我们也有过许多时间来闲聊，属于市井的“卖嘴皮子”，而不是思维机敏的训练，内在智慧的挖掘。生活中的每一个部分都需要人们去创造，书法艺术也一样。人们往往在生活的载浮载沉中时而需要时而弃之，无法建构成一个可供精神栖息或舒展的家园，即便垂垂老矣也难得些许书法真谛。我很惊奇王献之的明理，他在十五六岁时就会对父亲说："古之章草，未能宏逸，颇异诸体。今穷伪略之理，极草纵之致，不若稿行之间，于往法固殊，大人宜改体"，这样的话就今人来理解，怎么也不像小青年的口吻。现在我站在大学的讲台上，对着十八九岁的大学生，反而很难撩开书理这层面纱，只能絮絮叨叨地讲解一点一横怎么写这样一些"小儿科"的常识。我常在这时走神，眼前闪动同一年龄层次的晋人笔走龙蛇的丰采。记得这学期给一个文秘培训班强化书法学习，以每周六节课来进行，以《兰亭序》来疏论，到了学期末，我又旧话重提，随便问了一句："王羲之是哪个时代的？"下面大眼瞪小眼，然后参差不齐地应道："唐代"或者"宋代"，听着这样的回答，我脑海里不禁冒出王勃《滕王阁序》中的两句："兰亭已矣，梓泽丘墟"。

在魏晋幽深的长廊中漫行，你会感到这些书法家们都有点古古怪怪的味儿，这大概是他们笔法夭矫不群的原因。晋书家都不太好接近，山涛"介然不群"，阮籍"任情不羁"，嵇康"高亮任性"，刘伶"放情肆志"，阮咸"任达不拘"，都有或这或那的怪癖。他们品藻人物，凭自己好恶来使用青眼或白眼。这些脾性，导致了他们在书法创作上各行其是，标新立异。王羲之开始从卫夫人学书，后以为"徒费年月"，就不再学她了。王献之不愿在其父声名下过日，自己来创"破体"，庾翼为了把自己的字与王羲之区别开来，使己书为"家鸡"，王书为"野鹜"。魏晋书法长廊的热热闹闹，都是由这些书家的脾性引发的。他们的合群是暂时的，只是玩玩而已，更多的是鸟兽散，该做什么做什么。怀旧使我发觉时代不同的书法家脾性有了许多不同，现在是先做一个四平八稳的生活中人，是"乡愿"，然后才是书法家。有一位画家向我抱怨每日应酬不及，如何赶画也赶不上众人求索。他谁也不愿意得罪，宁可劳累也要让求者欢喜。他的精力向外投射太多，以至于无法建构自己的内部精神空间，这就使生活场景中多了一个大好人，而艺术领域少了一个有个性的画家。我早些年也喜欢絮絮叨叨地向求书者解释自己的苦衷，什么没有时间啦，精力不足啦，请你原谅啦。后来发现解释的可怜，晋人殷浩不是说得很好么："我与我周旋久，宁作我！"

只有在魏晋书法长廊中徜徉，我们才会把兰亭看得很重，它使我们透过历史风云，看到晋人的个性追求和对生命的认识，当然，技巧也是不容忽视的，它使书法风格得到一次决定性的转捩，从古厚到灵秀，从拙重到轻盈。书法中人不断地推崇《兰亭序》，乐意到兰亭这个地方走走，步古人之遗迹，怀古人之幽思，都是很自然的。只是时隔事迁，历史风云如苍狗白云般幻变，人们对兰亭的含意也转多穿凿了，那深层的，带有书法意识的象征在心灵上已被淡化得不像个样子了。现在，兰亭在大多数人眼里，只不过是一个风景点，如此而已。这大概也是我乐于在书中追寻古兰亭，让山阴道上吹来的清风在梦中吹拂，却不愿趁便下车去看看今日兰亭的一个原因吧！

选自《散文》1995 年第 10 期

云　　楼

马　阳

每次骑车经过旧广九火车站白云路，见鲁迅头像寂然立于路口的榕荫里，便想起“大夜弥天”、“饕蚊遥叹”的白云楼，想起先生在白云楼上编定《野草》并写下著名的《野草·题辞》的悲愤心境。旧中山大学“匹鼠”驰骋的大钟楼，作为省博物馆保存下来了，白云楼却于三年前拆除，正在兴建现代化大厦。

当年鲁迅避祸楼头，独对孤灯，目光落在春意盎然的“水横枝”（浸在水中的一段木盆栽）上，念及国民党反动派把他的优秀学生毕磊装进麻袋沉入珠江的罪行，发须如戟，坚信革命是杀不绝的。正是这一巨大刺激，促成先生的思想从进化论唯物论的飞跃。白云楼有着多么深刻的纪念意义啊，现代化大厦随处可见，但难补历史的遗憾！

完全可以想象彻夜难眠的鲁迅，巷口云吞面担笃笃叫卖声，听得特别分明。谁毁了巷口的路灯，天地一片漆黑，令卖云吞的老头“丢那妈”“丢那妈”地骂个不停。先生从省骂“丢那妈”到国骂“他妈的”，进而想及“国民劣根性”。唯有在先生尝到许广平从高第街许家大宅携来的“花地杨桃”，心境才会好些。先生赞美这种菱形味带甜酸的著名岭南佳果。

往事并不都如烟，杨桃还有，水横枝还有，“丢那妈”和云吞面也没有绝种。如今耸起十数层楼群“江湾新城”的地方，据云是当年毕磊沉江所在。但愿我们的下一代还记得，正是无数革命先烈的牺牲，才奠起了屹立世界民族之林的巍峨的共和国大厦！

选自《散文》1996 年第 2 期

与世界絮语

周孟贤

朝天椒的辣，全是太阳给的。

乌云飞压过来的时候，乌鸦往往涉嫌。

在生命的深处，能闪光的是那些痛苦的岁月和痛苦的经历。

柳条儿没想到自己欢舞得越高兴，风儿会呜咽得越伤心。

面对夕阳，会使人缅怀和追溯过去的朝阳，也会使人渴望、追求明天的朝阳。

处在喧哗与喧哗之间，最好沉默，一如海中礁石——让浪花前后冲击，会交得更美丽。

镶着金边的乌云，人们仍然叫它乌云。

一个博大精深的人，心胸里总是留一块空白，以便充实自己。

秋虫虽小，但它的鸣叫能转换一个季节。

一顶草帽能抗住一个夏季。

在黑暗中思索，人会亮起来。

强光对准眼睛，无异于被蒙上一块黑布。

山能阻挡洪波巨澜，却害怕穿透它的涓涓细流。

两只鱼缸的金鱼互相羡慕着，对调环境之后，仍然互相羡慕着。

人一旦有了“悲”的意识，才会珍惜感情，珍惜生命，珍惜世界。

竹篙点水时，没想到戳痛了青天。

蝴蝶在翩翩起舞时完成了自己的画展。

选自《散文》1996年第4期

澡　雪

王开林

“亲近大自然”，这往往只是我们一句不顶真的空谈和一个不切实的心愿，身居闹市，山与水仿佛只是我们久绝来往的远亲，甚至比远亲更为疏离。大自然本是一片可供碌碌众生栖息的憩园，现在却变成了一所专门收治“病号”的医院，“红十字”旗是该当插遍每一座山头的。

在城市的边缘，有一片郁郁的林子，平日我就常来这里散步，于林中听悦耳的鸟喧，那无疑是一味显效的去热（热中于名利）解表（浮泛于得失）的“退烧药”，这样有鸟语可听、有花香可闻、有湖水可望的地方，整座城市也难得找到几处了。炎夏，我也曾带了书来，以为凉风习习，身心清爽，开卷必可得常日所无的奇趣，可是听那些鸟儿的声气，却有些不以为然，好像是在叫我“书呆子”、“书呆子”。且此地清幽之极，游人少至，若得知己携一壶好酒来，虽不善饮，可小酌数杯，只关乎兴味，不计量浅量深；虽不善弈，可闲敲几局，只关乎意趣，不计谁输谁赢，岂不快哉！独自于林中漫步，想尘中人为饮食男女而旷日奔走，只恨路长鞋底薄，又哪有这样清静的地方可以歇脚呢？

人生苦短，而苦短的人生都被《红楼梦》中跛足道人的《好了歌》揭了底牌，“忘不了”这“忘不了”那的，唯独把自家的性灵忘得一干二净。“可知世上万般，好便是了，了便是好。若不了，便不好；若要好，须是了。”跛足道人的一番话说得玄而又玄，与佛家的“色即是空，空即是色”有异曲同工之妙，那些独具慧眼与悟性的人自然可以参透玄机。世人总是两眼盯紧那个“好”字——种种快心快意的受用，却不曾瞥见那个“了”字——白茫茫一片真干净的结局。道教与佛教在导引众生的途径上大为歧异，但有一点却达到了共识（应为暗合），即要人勘破眼前的迷障，勿使心为形役。然而，世间事终归是不了了之，了也得了，不了也得了，只在过程中，我们一度或几度或千百度存念的东西就像昔年的旧装那样，随季令更递，一件接着一件，脱掉了就永远脱掉了。这就是说，一个人不经繁华便难以视繁华如幻景，不历富贵便难以等富贵若浮云。道家与佛家急切于度人出“欲海”，殊不知槛内槛外仅有一步之隔，若身在槛外，心却在槛内，百年修行也是枉然；反之，若身在槛内，而心在槛外，一念生灭即是菩提。跛足道人把一件件赏心悦目的瓷器摔碎了给我们看，意思是将来结局终归如此，他太有先见之明了，不讨人喜欢。鲁迅先生笔下那位说真话的人，于众多道贺者之后，直说那位刚出生的富人之子“他是要死的”，这不合时宜的真话叫人听了太刺耳，结果是他被富家的奴仆当成疯子，轰出门去。人总是要死的，这话不错，我们站在起点，或站在中途，一点一滴地看清楚，而慢慢达成渐悟，也实属不易。我们怎样才能于电光火石的瞬间达成顿悟呢？非大悲大喜不能将人颠倒，亦非大悲大喜不能将人释放，我们的生活并不缺少一些小小的姿彩，所缺者正是大悲大喜的波澜，舍此别求，即便得到万万人所未能得的奇遇，于佛祖莲座下亲聆妙谛，一夕甘露也终究不能润彻枯肠。《红楼梦》开篇不久就让跛足道人唱一曲《好了歌》，的确是寄意良深。那“泥做的骨肉”——贾宝玉先是游历了指点风月迷津的太虚幻境，然后在大观园一群才女和美女中做个快活的多情公子，几回回赏花弄月，只不过为赋新词强说愁。然而，天下没有不散的筵席，黛玉之死，急转哀音，待到元春弃世，贾府抄家，呼喇喇似大厦倾，昏惨惨似灯将尽，便要无语话凄凉了。贾宝玉——这位“天下第一淫人”翻转浮沉于大喜大悲之中，经历了身世的惨变，于此时悟到万有皆空，参透那个“了”字，是再正常不过的事情。红楼一梦的大结局早就被《好了歌》暗示出来，恰是“白茫茫一片真干净”。再没有什么比一场大雪更好的收场了，贾宝玉在那场百年不遇的大雪中，找回了久已迷失的真我，昔日的“好”与今日的“了”两相合一，他那样的大痴人也就不再是痴人。

有一句话叫做“感谢生活”，还有一句话叫做“感谢命运”。之所以要感谢生活，是因为生活给了我们表演的舞台；之所以要感谢命运，是因为命运给了我们表演的机会。然而，平时所上演的充其量只是莎士比亚《错误的喜剧》那种虽有五幕却草草收场的短剧。奇就奇在一些喜剧竟可以演到令人挥涕落泪，一些悲剧竟可以演到令人缓颊解颐，我们不是演得不卖力，也不是演得不对劲，而是生活所给的舞台太小，命运所给的机会不多，正因为急切于演好，所以演砸；正因为没有固定的脚本，所以把一些正剧演成了阿尔比的《动物园的故事》那样的荒诞剧，这还不是最糟糕的情形，另有人以“第一名角”的身分粉墨登场，刚一亮相，就被人识破了皇帝的新装，这样的“大丑”出演一千场之后，倒尽了众人的胃口，也就该识趣地躲到后台去认认真真补一回妆，最好是穿一件蔽体的衣服，别着了凉。

“我演得这样辛苦，也没人喝彩，观众都是一些毫无品位的人！”

这样的责难之辞出自他们之口，一点也不新鲜。半老徐娘平日扮靓装娇，你若不肯违心地欣赏她残存的风韵，她必然要骂：“你娘白生了你一对招子！”好吧，我冷眼看过之后，干脆不置一评。人生如戏，我先承认自己不是好演员，因此我不会抢镜头，不愿出风头，不想搞噱头。幕启幕落，有的戏竟因某位“大腕”的罢演而一筹莫展，谁来救场呢？于是，乱成一锅粥。其实，说穿了，世间没有非演不可的剧目，从这个意义上讲，也没有不可或缺的演员。太看重自己的表演才赋，非让人仰其鼻息看其眼色不可，就未免有点为戏所误了。

魏晋名士们也喜欢演戏，如阮籍醉卧邻家当垆的美妇之侧；如曹丕带头在王粲坟头作驴鸣；如嵇康在树下锻炼，视前来拜访的贵胄公子钟会蔑然若无物，待其不堪冷遇要离去时，又补刀似的问道：“何所闻而来？何所见而去？”；还有王子猷雪夜乘船访戴安道，及门不入，兴尽而返，诸如此类。这些戏极演士子真性情，千年之后，依然追想如画。魏晋人真率与旷达的流风余韵至宋而成绝响，苏东坡是最显眼的回光返照，在他之后，士子们都夹起尾巴做人，《世说新语》便成了“恐龙化石”的展厅，我们看过之后，便会叹惜魏晋风流过早灭绝。我们读这部极生动的古书，竟要疑心魏晋诸子都是外星人，他们的旷放潇洒非常出格，非常离谱，他们服“寒石散”，吃得皮肤发绿，成鬼的多，成仙的少，这也说明他们有点走火入魔。今天读《世说新语》，还有什么益处？最实际的功用是澡雪精神（我们的精神积垢太厚），爽一爽心气；或谓之吸氧，也不错。

现代心灵的种种“慢性病”已无显效药可治，当然还可以对症开出一些方子来，比如说，读古典哲学，又比如重回大自然，返朴归真。我曾大剂量地服用过古典哲学，见效甚微；我离名山大川则总有些远，仿佛竟是西天佛界，心向往之而不能至。虽然获准四处游走，但我仍是城市的系囚，偶尔的出门游历，也不过是“放风”而已，但这样放风的机会于我而言不可多得。寻常的囚徒有一个彻底释放的日子可以盼望，我的“服刑”却是遥遥无期。一位朋友见我总在书房枯坐终日，像只书蠹钻在故纸堆中，闷闷然且恹恹然的样子，便出言相讽：

“你这是被谁软禁了吧？”

闻言，我竟有些茫然，是啊，我在这间小小的房子里日复一日地读书写字，好像是被谁驱遣着伏案劳形，那么这个“典狱长”是何方神圣？不知道，也无从得知。如我这般的系囚怕是不少，只不过大家脸上没有黥字，也不是刺配沧州，比豹子头林冲的处境要好得多。

我们最缺乏的究竟是什么？是一种气候，桔生淮南则为桔，生淮北则为枳。话说回来，我们若生在魏晋，也该是风流名士吧。一条鱼在小水洼中想念江湖，能得到那份自由，是福；不能得到那份自由，则是命。但起码我们要有这种渴望，如果想都不去想，想都不敢想，只一心一意地安于现状，就恐怕不是一般的慢性病了，可能是“癌症”，非化疗和手术不能触动其根本，仅仅按民间验方用几服“草药”，可能连病灶的边都挨不着。

澡雪精神只是除垢，并非一种可推广的新式疗法，我不知道世间是否有一部或几部堪与《本草纲日》媲美的精神药典，我的存疑理应得到答案。

选自《散文》1996 年第 10 期

文人菜谱

洪　烛

吃，我是很喜欢的。谈论吃，也是很让人陶醉的。尤其在想做美食家而缺乏必要条件（譬如金钱）的时候，纸上谈兵，脑海里烘托出无数的玉盘珍馐，仍不失为一项乐事。文人好吃，天经地义——用老话说这叫雅好。据说金圣叹被砍头前，留给儿子的遗言是："记住，花生米与豆腐干一起吃，能嚼出火腿的味道。"如果放在日常闲议，并无扣人心弦之处，关键是置身于刽子手的鬼头刀下，仍能对火腿的滋味念念不忘，并像护送传家宝般揭示花生米与豆腐干搭配的秘方，这就叫痴了。但一个文人如果既没有癖，又没有痴，那似乎活得太清洁了，反倒不正常了似的。金圣叹怎么批注的《水浒传》并不重要，我一直在想：花生米与豆腐干，怎么能吃出火腿的味呢？也曾在家中偷偷尝试过一番，并无同感。想来这已不是清朝的花生米了，也不是清朝的豆腐干了。

梁实秋在台湾回忆上海大马路边零售的切成薄片的天福市熟火腿，用了这样两句话："佐酒下饭为无上妙品。至今思之犹有余香。"他得到一只货真价实的金华火腿（瘦小坚硬，估计收藏有年），持往熟识商肆请老板代为操刀劈开。火腿在砧板上被斩为两截，老板怔住了，鼻孔翕张，好像嗅到了异味，惊叫："这是道地的金华火腿，数十年不闻此味矣！"嗅了又嗅不忍释手，并要求把爪尖送给他。梁实秋在市井中总算遇见同好了，赞赏老板识货，索性连蹄带爪一并相赠。喜出望外的老板连称回家后好好炖一锅汤喝。

这就是真正的金华火腿，连边角料都使人如获至宝。这才是真正的美食家，一锅火腿蹄爪煮的汤就使他欣喜若狂，畅饮之后没准三个月不知肉味。回过头来再想想金圣叹的遗嘱，便不觉得离奇了。地狱里若有火腿供应，金圣叹会视死如归的。

活着的文人，老一辈中如汪曾祺，是谙熟食之五味的。而且每每在文字中津津乐道，仿佛为了借助回味无穷再过把瘾，这样的老人注定要长寿的。他谈故乡的野菜，什么荠菜、马齿苋、莼菜、蒌蒿、枸杞头，如数家珍，那丝丝缕缕微苦的清香仿佛逗留在唇边。谈"拼死吃河豚"所需要的勇气，"我在江阴读书两年，竟未吃过河豚，至今引为憾事"。看来美食家不仅要有好胃口，还要有好胆量。我和汪曾祺同桌吃过饭，在座的宾客都把他视若一部毛边纸印刷的木刻菜谱，听其用不紧不慢的江浙腔调讲解每一道名菜的做法与典故，这比听他讲小说的做法还要有意思。好吃的不见得擅长烹调，但会做的必定好吃——汪曾祺先生两者俱佳。蒲黄榆的汪宅我去过两回，每回汪曾祺都是挎着菜篮送我下电梯，他顺道去自由市场。汪老的菜篮子工程，重若泰山。某台湾女作家来北京，慕名要汪老亲手做一顿饭请她吃，其中一道菜是烧小萝卜，吃了赞不绝口。汪老解释："那当然是不难吃的：那两天正是小萝卜最好吃的时候，都长足了，但还很嫩，不糠；而且我是用干贝烧的。她说台湾没有这种水萝卜。"这话我怎么听都像菜农或正宗厨师的口吻。

从汪曾祺之口我才知晓，长沙火宫殿的臭豆腐因为一位大人物年轻时常吃而出了名，这位大人物后来还去吃过，说了一句话："火宫殿的臭豆腐还是好吃"，以至"文化大革命"中火宫殿的影壁出现两行大字："最高指示：火宫殿的臭豆腐还是好吃。"伟人的语气如此敦朴，我们这些文人在谈吃的时候，也没必要羞羞答答。

在北京，我周围的朋友中，古清生是最喜欢烧菜的。他在一次散文座谈会上透露的。他说：这和写文章类似，都讲究色香味，好文章要原汁原味——我不喜欢在街上餐馆吃饭，那些菜味精的气息太浓，我自己做菜从不搁味精，但绝对好吃。《北京文学》编辑部是带厨房的套间，古清生拿到稿费后请客，就是亲自下厨做了一桌湖北风味的酒席。并不是为了省钱，而是显露自己的手艺与心意。系着围裙的老古在烟熏火燎中说烧菜有特殊的快感。有一天晚上，老古和我不谈文学了，而面色微红地追忆自然灾害年间在家乡野地里埋锅烤的叫化鸡。他说出了几本散文集没啥意思，真想编一部菜谱。我说书名就叫《文人菜谱》吧，说不定每一篇都是好散文呢。

我们文联大楼前有一家四川菜馆，招牌是请艾青题写的。来公干的，来投稿的，请客或受邀的——这估计是全中国接待文人最多的餐厅了。我和《诗刊》的邹静之常在这儿碰头。邹静之说，哪怕一个人吃饭，点一盆红油的水煮肉片，加一碗白米饭，辣得满头大汗，真是痛乎快哉。我读到静之一篇随笔，开头即为"好天气、好情绪总能碰到好朋友。中午去楼下喝杯啤酒，碰上老板送个好菜：炒豌豆尖。"不知为什么，静之的音容笑貌在纸上模糊了，我眼前总浮现出一碟烹炒后仍青嫩欲滴的豌豆尖儿，世界仿佛缩小在一只白玉般洁净无瑕的托盘里，安详、生动。静之真是个得道的人，那么容易满足，微不足道的一件小事就使他觉悟到生命的完好。静之对饥饿有刻骨铭心的记忆,他说“不知道饥饿的人是不完全的”。据说烧知了已成了道名菜，且价格不低。我小时吃过，是用火烤着吃的。现在,我不会想去吃它。同是知了,但吃的心情不同。曾经饿着肚皮写诗的静之,是受饥饿的教育长大的,“饥荒过后，我依旧对食物有极深的恋情，我多年来吃酥皮点心都用双手捧着,不舍得放弃皮渣”。我忽然觉得一位用颤抖的双手小心翼翼捧着酥皮点心(像捧着圣物)的诗人,可能是最懂得生活的，他对生活怀有热爱粮食的心情。这个慢动作我永远记住了。这简直是在捧着良心啊。

如果真出一部文人菜谱,这可以设计为封面。

选自《散文》1996年第9期

欲寄彩笺兼尺素

潘向黎

记得宋人有一首《蝶恋花》，里面有这样的几句："昨夜西风凋碧树，独上高楼，望尽天涯路。欲寄彩笺兼尺素，山长水阔知何处！"

小时候半懂不懂，就觉得它很美，便背诵下来。后来明白了它的意思，还知道王国维用它比喻治学的三境之一，就更加喜欢。可是如今再读，却有了另一番感慨。

那就是，现代人的乐趣比之与古人，究竟是多了还是少了？我怀疑是少了，至少绝不是增多。

有了火车、飞机和许多现代化通讯手段，许多离愁别恨便失去了基础。

即使身处两地，相思之念一动，打个电话，相隔再远也可以从容聊天。实在是非见不可的，立即买张机票飞去便是，几千里地只要几小时。还有谁像古人那样寻寻觅觅、殷殷切切？即使你为了体味爱的真髓有意为之，那算"为艺术而艺术"呢，还是矫情、自虐？有些难说。

现代生活越来越快速、简便，但什么都可以高效率、快节奏，惟独人的感情是不能如此催生、速成的。也是万万不能简化的。可是有什么办法？少了外界的强制性，谁会舍近求远、弃简就繁？于是爱情失去了相隔一定时空酝酿、过滤、提纯的可能。

我们在不知不觉间就失去了相思、等待、望远、思乡的艺术。也失去了与此相关的“鱼雁”、“锦书”、“尺牍”、“彩笺”，而这曾经是哪怕最贫寒的先人也拥有的乐趣。我们只有电话里的唾沫飞溅，甚至只有录音电话或中文机上的一句留言。我们都成了“言而无信”的家伙。

其实大部分人还是喜欢信的，即使是浮躁的年轻人。我的一个朋友说：“你多多给我写信，我虽然不回，但是会很高兴。”这是不少人对信的典型态度。

当然，有一些人还是写信的。比如我的一个在外企工作的朋友，他平时不写信，但每次出差，总是每到一地寄一张当地的明信片，寥寥数语，报告行程与对异地风光的印象。作为满天飞的忙人，这当然算难得。不过对方其实是一个谈吐风趣的人，文字也清畅生动，如此惜墨如金，我才开始读就结束了，不禁让人觉得有些怅然若失。

另外，除非有特殊的原因，比如作为藏品收集，我是不会喜欢明信片这种形式的。几句写给收信人的话，一路让人看尽了才到对方手中，那种暴露于光天化日之下的感觉，总有私人空间被侵犯的不愉快。

真正的信，现在是越来越少见了。

而就在十年前，我还能收到闺中密友写来的梅花笺，落款处盖了一个闲章，阴文的小篆，是她的别号“雪苑”。令人想到皑皑雪原上的一株朱砂梅，读信时恍觉一股清幽香气扑面而来。“风格即人”，见信如见人。

还有一位旧日同窗，写得一手好字，总是用那种宾馆特制的又白又厚的信笺，不用圆珠笔，用黑墨水的钢笔，满纸半行半草的硬笔书法，一打开就觉真趣历历、英气逼人。后来他曾用毛笔写过一封信，用的是朵云轩的有红边框的竖行的信纸（那一定有专门的名字，可惜我不知道）。内容是说他要出国了，向我告别。用了一种半文言的文体，满纸烟云，很有意趣。

比起粗暴突兀的电话，信是一种温和的周到；比起短兵相接的见面，信又是一种矜持的距离。

信不在长短、不在内容紧要、文采华美，甚至不在字的好坏。但总要有一份精心，传达一些情趣，成全一点喜悦，信才成之为信。而不是电报、公文、安民告示。

我的字不可救药，相对的就讲究信笺：一是要好，二是要合适。

不论在哪里，只要逛百货店，常常在卖信笺的柜台留连。看到那些精美别致的信笺，还有配套的信封，似乎所有的心情都能借它们表达无遗，真是很美好的错觉。

常用的有三种，一是在东京的“东急”手工艺店买的仿皮革横条笺，本色带不规则的凹凸纹，厚实，挺括，颇有气度，我用它写一些比较正规的信。一是叫“原野之花”的四方小笺，对角印着细细柔柔的不知名的草花，很有野趣，给朋友写一张便笺再好不过。第三种是没有花纹的，但一本之中有许多颜色——粉蓝、天蓝、深蓝、磁青，都是蓝色调，既朴素又清新，四季皆宜，远近通用。

信笺不需太多种，只要根据不同的对象、不同的内容有所选择，便很得体。若能照应到不同的季节、情调，则别具赏心悦目之一功。对收信者是一种无声的友善，对自己也不失为一种休闲。

好信笺其实是一种心情。证明你的心还没有被生活搓揉皱、被欲望烘烤干。还能留心细微处的情调，成全一点局部的完美。这的确是一种闲心，这里要的是人闲心也闲。忙碌的人、躁动的人都是不成的。

好信笺适合写一些清淡、随意、悠然心会的话。不应该用来报急、告病、求助或者非议、怨谤。最好是邀请："园里的菊花开了，今年的蟹宴还如期举行，你能来吗？"或者是读了一部好书，看了一场电影，听了一支好歌，谈谈感受，也是相宜的。外出报平安，带几笔旅途趣闻，也很得体，写得好的会有明人小品之韵。

情书当然也重要，但那是另一回事。一则写信人往往有许多话要说，心又急切，未必有余暇顾及形式。二则收信人也大都只看信里的话要紧，连字迹歪斜模糊也可以理解成情绪激动，哪会在乎信笺优劣。所以我这里是把情书排除在外的。

好心情、好信笺还需要有配得上的收信人。倒不是身分高低，而是要有相应的眼光与细致来感受，否则再精心也是枉然。正像一缕清风的去处，不应该是一个满是油烟、尘土的地方一样。

真正值得你为之动笔并且精心到一张信笺的人不会太多。只要有，便该知足了。几十年前的一位先驱，曾发出一声叹息："人生得一知己足矣"，可见要一个真正明白你、理解你的人是多么不易。

我们今天如果叹息"欲寄彩笺兼尺素"的心愿难了，多半是因为没有一个人懂，或者没有一个人配。只能抚着越来越精致的信笺长叹。无从召唤、无从求诉——"山长水阔知何处！"从这个意义上，我们倒歪打正着地和古人有了共鸣。

选自《散文》1996年第12期

马背上的水手

徐　鲁

一个秋日的下午，我在珞珈山下武汉大学枫园里散步时，意外地买到了一本心仪已久的旧书：传记作家欧文·斯通写的《杰克·伦敦传》（董秋斯译），真是欣喜之至！这个译本最早是在解放前由海燕书店出版的，曾经印过六次。我买到的这一本是上海新文艺出版社1954年6月根据海燕书店的纸型印行的本子。书页已经发黄，书脊也已破损，不知道经过多少人读过了。所幸它的正文还完整无缺，八幅黑白照相插图也清晰如新，封面上的杰克·伦敦，正坐在他心爱的"浪花号"的舱口，以自信和略带顽皮的目光望着我，好像在说：

"多不容易呵！这么多的年代都过去了，我们还能够彼此相遇。看吧，我就是那个年轻的、富于朝气和敢于冒险的'马背上的水手'！"

杰克·伦敦在这个世界上只生活了四十个年头（1876—1916），然而他却尝遍了人世间的饥饿、寒冷、贫穷和艰辛。他年幼时即为生活所迫，流离失所而浪迹街巷与码头，当过报童、童工和滚球场上的小帮手。年龄稍大一点了，他在旧金山码头当过装卸工，在捕海豹的船上当过水手。他尝尽了生活在社会最底层的人们的卑微和苦难，也与黑社会的暴徒们进行过较量，还因为犯了“流浪罪”而坐过监牢。19世纪的最后几年，在美国经济大萧条之时，他饱受失业之苦，不得已只好跟随着潮水般的淘金者流徙到阿拉斯加去挖金矿。但他却毫无所获，除了患上败血症之外。最后他身无分文，只好又怏怏返回旧金山。这时他已经20岁了。失之东隅而收之桑榆，他的淘金梦虽然破灭了，但丰富的生活经历已经为他积累起了一座文学的富矿。20岁时，他开始向着这座沉睡的富矿迈进了。

还是在他流浪人间的日子里，无论是在远洋船上的水手舱里，还是在淘金客的窝棚里，他就开始大量地读书了。不仅读吉卜林、左拉、福楼拜、肖伯纳和列夫·托尔斯泰的文学作品，也读尼采、达尔文、甚至马克思的哲学和社会学著作。当他的反映北极地区血泪生活的小说首次在著名的《大西洋月刊》发表之后，人们惊异地发现，一颗光华璀璨的新星，已经升起在美国文学的天空了。这个受尽了苦难的人生的折磨，浑身充满了抗争与奋斗热望的青年作家，就像一头强健的公牛——不，应该说他更像一只荒野上的苍狼，带着狂放的激情，冲进了正处于“无味的，孱弱的，肚子里没有脏腑，两腿间没有生殖器”，甚至可以说是“没有创造力，没有工作哲学，没有真知灼见”，所有的只是一种用在甜甜蜜蜜的传奇故事上的公式化状态的美国文坛！

他给富人们送来了荒野的呼唤，——那是他向大自然、向这个弱肉强食的社会发出的挑战和呐喊；他也给穷人们送上“强者的秘密”和“适者生存”的故事，——那是艰辛和苦难的生活所教给他的最深切的哲学。一座活火山找到了自己的喷发口；一只苍狼找到了可以驰骋和拼搏的疆场。他淋漓尽致地宣泄着积压在心的求生的意志和力量。他让心目中的强者在广漠的雪原上自由地奔驰，让那软弱的生命去在血光中听见自己悲哀的呜咽，其目的都在于唤醒人们对于生命和生存信念的爱戴……

他甚至并不以什么作家不作家为然。他说，“这样看我吧：一个迷途的旅人，一头在你面前飞逝的伤翼的候鸟——一头粗野的横冲直撞的鸟，一头惯于长空大漠而不惯于笼中逸乐的鸟……”

杰克·伦敦依靠个人的奋斗取得了成功。20世纪初正处在工业化热潮中的美国人的心弦，被一双强劲的水手的手指有力地拨动着。他们不再留恋那维多利亚式的温文恬静的风尚和呆板僵化的生活规律。他们理解了杰克·伦敦的作品所展示的荒凉严酷的生存环境、刀削斧劈式的主人公和一个个惊心动魄的故事。他们从这些作品里找到了一种不屈不挠、敢于冒险和勇于开拓的精神力量。

在整个19世纪行将消逝的那个前夜，谛听着从母亲的卧室里传出来的最后的世纪的钟声，杰克·伦敦这样问自己：这是一个什么样的世纪？它把什么留给了美国？他想到，正是自己脚下的这片新大陆，在1800年以一群组织散漫的农业州开始，用最初几十年来开荒，用中间几十年来发展机器工厂、开拓大陆，用最后几十年积聚起成千上万的财富……时代是艰难的，但新世纪毕竟已经到来。“这个新世纪，啊！要成为一个值得活的大时代……”就在20世纪的钟声敲响的那一刻，杰克·伦敦无限激动地自言自语道。他已经跨过了旧世纪而进入了一个全新的天地。他畅想着：距今夜一百年后，当他的儿子们的儿子们坐在书桌旁回顾方过的世纪时，他们将看到一个何等雄伟的美国！那么，帮助产生那个新美国，抛下黑暗世纪的所有枷锁，拒绝穿戴那使人类病苦的、陷入人类肉体内的丑恶的高硬领，以及陷入人类头脑的一切丑恶和僵硬的观念，面向20世纪，作一个真正的现代人和现代美国人……杰克·伦敦想，他已经知道他所肩负的重任了！没有错，他要让他的儿子们的儿子们在一百年后“怀着骄傲”来追念他！……

他果然没有辜负他对自己的期望。他执著而热情地追求着他心中的伟大的理想。他一方面走向书籍，“攻打其中的智慧的城”，而不仅仅满足于做一个“在伟大的知识之火旁暖手的过路者”；另一方面，他像当年扑向阿拉斯加一样，咬紧牙关，向着艰辛的岁月所留给他的丰富的生活之矿掘进。他把自己全部的体力、意志力、注意力和才力赋予了文学。终于，他以《狼的儿子》、《荒野的呼唤》、《海狼》和《白牙》等等传世之作，为美国文学开辟了一个新纪元，他自己也站到了他能达到的最高峰。在谈到杰克·伦敦的文学成就时，欧文·斯通如是写道：在杰克·伦敦以前，“固然有爱伦·坡、哈德、克兰·彼尔斯，他们都已摆脱了传统的形式，使文学更接近生活的真实，但把小说交到平民手上……却以杰克为第一人。杰克的小说是写给美国各阶层的人的，但把大家闺秀除外——她们也在放下的窗帘和锁起的门后面狼吞虎咽地读呢。”他认为，正是杰克·伦敦，第一次使文学“浸透了20世纪的科学态度”，并且“把美国人用来征服大陆建设庞大产业的力量和元气赋给了文学”！

甚至还可以说，杰克·伦敦的朴实粗犷、充满阳刚之气的硬汉般的创作风格以及在人生与文学事业上的探险精神，也直接影响了20年代美国“迷惘的一代”作家们，如安德森、海明威和菲兹杰拉德等等。海明威曾经说过，他幼年时最喜欢的读物就包括杰克·伦敦的小说。他后来成了作家，规定自己每天必写500字，与杰克·伦敦规定自己每天必写1000字，也不无关系。完全可以说：杰克·伦敦的文学精神，正是海明威们的人生和创作探险实践的源头。

再勇猛的狮子也有它的弱点。最好的水手也有迷失航道的时刻。杰克·伦敦是一位经历过人生苦难的风浪的水手，却不幸命运常常把他置于马背之上。

他出身底层，念念不忘少年时代受过的艰辛与苦难，对于资本主义社会的自私、贪婪与不平等，有着比一般人更感性的认识和更深切的感受，因此也有着更强烈的反抗热情。他读过马克思的书，一度热衷于马克思主义，并且在自己的家乡当过热诚的社会主义思想时演讲员。他曾经这样说过："我对我头上那堂皇的大厦不感任何兴趣。我所萦心的乃是这座大厦的基础。我甘心在那里手执钢钎，与知识分子、理想主义者、有阶级意识的工人们并肩劳作，时时得到一条有力的杠杆，使那全部大厦动摇起来……"正是这种思想意识，导致他后来能够写出像《马丁·伊登》和《铁脚跟》这样的掷向资本主义社会的"投枪"式的作品；然而他也读过尼采的"超人"哲学和达尔文的进化论著作。他从个人的生活历程中得出了人生在世须依靠个人奋斗而且强者必胜的经验和信念。他的大量作品在讴歌了顽强伟大的生命力和不屈不挠的生存意志的同时，也始终流露着"弱肉强食，适者生存"的进化论观点。他幻想过在美国的资本主义上升时期，能通过经济制度的"革命"而实现马克思主义的理论，但他的梦很快就幻灭了。思想上的矛盾，精神上的苦闷，使他终于变成了一个"迷途的旅人"，一头

“横冲直撞的鸟”。

接近壮年之时，他的婚恋生活也不断出现波折。他的异想天开的水手的头脑更加趋向自由放浪。他曾经驾着自己设计的小帆船，沿着南美海岸线去追溯梅尔维尔小说里写到的捕捉大鲸的水域。但这样的航行使他用尽了力量流尽了汗，也受够了劫掠和讥笑。不久他又进入太平洋，在夏威夷和檀香山交游往来，并且深入莫洛凯岛麻风病区，进行他的“禁区探险”。他的原本强健的体力就在这一次次异想天开的航行中消磨衰竭了。他的驾驶小船周游世界的壮志美梦化成了泡影，又只好精疲力尽地回到加州，在“月亮谷”建立起他的庄园式的牧场。他幻想着，这块美丽的牧场或许将成为他最后的“理想的王国”？

然而事实上他的高潮已经过去。彗星的光焰即将消逝。用斯通的话说，“因为不善航行，他已经把他的技巧留在热带一个珊瑚礁上，缓缓地在深海中破碎了。”

这个身心交瘁的水手，是什么蒙住了他的双眼？一方面，他已经处在盛名之下、其实难副的境地了，太多的文债使他再度陷入书商和电影制片人的手心，于是只好源源不断地写出一些粗制滥造的“半成品的书”，聊以塞责；另一方面，他的“月亮谷”牧场上，还照样收容和赡养着一大批“流丐哲学家”，或曰“空想主义的食客”。他们依附在他的身上，以他的心血作为他们的费用开支。然而奇怪的是，杰克·伦敦，这个实际上已经失去了可以安身立命的思想基地的水手，竟还要拿出自己最后的一点积蓄来，营造一所命名为“狼舍”的豪华别墅来供养他的“乌托邦”式的梦想！

啊，“狼”！阿拉斯加的“印度人”曾经把善做征服之举的白种人唤作“狼”，杰克·伦敦觉得自己就是这样的一只狼。他把这个字先后用在《狼的儿子》、《海狼》等书名中，有时候给朋友写信签名时，他也用“狼”字来替代名字。他计划把“狼舍”建造成全美国最伟大的“皇宫”，而不惜一切昂贵的代价。天知道他是出于一种什么念头呵！他想象着，他的“狼舍”将是一所能够存在若干个世纪的华贵的屋宇，而其中23个房间的一大半将用来招待客人——因为他总以为，他对他的同胞们的关切已经所剩有限了……

终于，“狼舍”建造完工了。确实是一座富丽堂皇的“皇宫”，因为它几乎耗尽了他所有的财产和精力。可是，他没想到，就在这座凝结着他的最后的希望的大楼落成的当晚，一个对他心怀嫉妒的人悄悄放了一把火……烈火焚烧了他的新楼——一如烧毁了他的“最伟大的人生梦想”。他站在那里，木然地流着泪，喃喃地说道：“我情愿是这被烧毁的房子的主人，而不愿做那个放火烧房子的人！”他明白了，他的“狼舍”倘不是被人类的手烧掉，便是被命运的手焚毁。就在那个漫漫的痛苦和惊惶之夜，他觉得，他心中有一种东西也随着房子而被彻底地烧毁，永远地消灭了——那就是过去的那些年月里，曾经主宰了他的时间和性格的对于人类的热爱与信仰……

仅仅一夜之间，他变得那么苍老无力了。

到了1916年，杰克·伦敦虽然才只有40岁，但他却已经感到，他的航程已经接近了终点。他的身边虽然也还有一些朋友和亲人，世界各地也散布着千千万万的他的作品的崇拜者，但他却感到了一种极端的孤独，感到了一个从下层出发走向死亡的人所能感到的痛苦！

他曾经说过，他宁愿自己的一生短而快乐，就像一道白色的火焰烧过一生的天空，而且要烧得“有力而光明”，哪怕把自己也烧得精光。现在，他感到，这个时候已经来到了。他已经明白，“敌人的阵地不会在日出时攻下”，他像他曾经写过的拳击手一样，感到“腿在发软，呼吸短了”，不能不让位给他常说的“不可克服的、不可抵抗的青年——为所欲为、永不绝望的青年”了。他是水手，他尽过他的责任，现在，他要到自己的岸上去了。

1916年11月21日夜晚，他在和家人谈了一会儿话之后，平静地回到了自己的书房中，再也没有出来。他用吗啡和颠茄精结束了自己正当壮年的生命。两天后，一个装有这位水手的骨灰的匣子，被埋进了美丽的“月亮谷”牧场的一座山丘上。人们在他的坟墓上放置了一块红色的大石头。杰克·伦敦曾称这样的石头是“匠人们弃而不用的巨石”。

选自《散文》1997年第1期

夜在窗外

于　是

我总觉得夏天是个开放的季节，不仅是人们的身躯，还有我的美丽的窗帘，也常向外面的世界敞开，风可以像我的朋友不请自来。夏的夜也是开放的，家家的门窗都像交头接耳的小朋友，毫不讳忌地告诉大家里面发生的故事，唱的歌，叫好的球，打破的碗，孩子乖还是淘气……有时我会觉得只要我打开了窗和布帘，就等于别人向我打开了他们的世界的窗口。

夏的晚上，我会冲个凉，然后套一件袍子一样的衣服，自己伸展在席子上或是书桌前的圈椅里，不开灯，只是拉开窗帘，眼前就是万家灯火，黄黄白白的照耀着夜空。我早已习惯没有星空的夜，所以每当看那煽情的日本剧《星的金币》，就从心里泛着钦羡和嫉妒，巴巴地望着自己都市的窗外，除了楼房没有可以煽情的东西。后来，有一个晚上，我依然在我的猩红色窗帘前埋头做了几个小时的事情，累了的时候，早已深夜，就起身走到厨房，拿冷水洗手洗脸，一片朦胧中，我看到厨房窗外的景色不属于都市一样，像陷在山中，像在无人的旷野里，一片漆黑，我可以从玻璃上看到我自己，除此之外什么也没有。这没有让我觉得夜已很深，反倒使我十分的兴奋，像来到一个陌生的桃源，自己还懵懵懂懂。住在这新村几年了，却在一个难得的夜找到一点兴奋的孤独感，仿佛有一点脱离城市的欢愉。

从此，我喜欢只拉上一层薄薄的纱帘，坐在书桌前，有时在做事的间歇抬头数一数还有几家的灯亮着，或者根本就很早，我会看到错落有致的亮光，象征生活的繁荣和安定，然后我会接着做自己的事；但有更多的时候，我关了灯，仰头蜷在椅子里，看着窗外的灯火明灭发呆，有时会看到哪家的阳台上吊着的衣服，我曾经注意过，是件时髦的东西，可是夜了，还在那儿飘荡，想来主人虽然流行，却也有流行的毛病，不是太忙，就是太懒、太粗心；有时我还会因为记得那衣服的颜色和样式，而突然浮想联翩，任凭灯光在明在灭，我就在自己的假想中充满了乐趣，还会想起我最喜欢的女作家的一篇小说；我的思绪就好比打开的窗，不停地延伸，不停地收获目光中的新天地。

于是夏夜成了我最喜欢的时候，听最抒情的音乐，感到在另一种没有外界的寂静中，风带着世界的气味吹进来，吹来窗外的草香，别人家的饭菜香，还有对面阳台上翻飞的衣裙摆弄出的美丽女子的联想和香喷喷的洗衣粉的余味。夏是最有理由打开窗的季节，夏的夜也是所有人最轻易放出自己家庭气氛的季节，于是把这地方的感觉调弄得充满了人气，有一种熟悉的感觉，好像这不是彼此陌生的都市小区，而是一个有共同民俗要分享要遵循的小村庄，是个远离别的部落的山里的群体，而关了灯的我就好像躲在树洞里的小松鼠，瞪着小而明亮的眼睛，窥视外面的世界。所以我也很喜欢在不是最热的日子里，有些许的停电，我就更心安理得地欣赏各家的烛光和各家小孩的呼叫声，我尤其喜欢听见孩子们十分活泼可爱的欢呼声，与此同时会闪啊闪啊突然就全亮了，好像风扇的突然开始旋转又不停地割裂着新来的光明，突然而起的各种电器的声音会扫荡了人们的谈话，不久就不再感到每家有什么不同的声响了，有时从电视里叫出来的声音会在各家的电视机里达到共鸣的效果，在几乎空巷的新村里荡漾出奇怪的回响，更像一个现代的山村了。

夜总是在窗外的，灯的明亮只说明黑暗，可是我们的夜并不只有黑暗，甚至于我们的夜里没有彻底的黑暗，当我掀起窗帘的时候，当我亮着最后一盏灯打量夜的宁谧时，也许也有人和我一样，在黑暗里，打量这个夜里沉静的世界，和另一个不想安眠的人。

因此我只有在夏夜的明媚灯光中，自己先打开窗，然后关掉灯，最后平静地观看别人的灯光随着夜而消失。

风不会遗忘我。黑色的风就是告诉我，夜的降临是这样缓慢，这样短暂。被一袭窗帘制造的不是夜，是人的封闭。夜如风，潜入世间每一缝隙，又在这个世间难以追寻，更难以把握。夜如窗外的黑暗，无边无际。我们用层层的布围起自己的身躯，还用层层的帘障围起假想的夜，却是实际上只围住了人为的光明和独处，窗帘就是这样的保护者，它不属于黑夜。

在窗外。我永远在这里。

选自《散文》1997年第9期

说　　刀

练建安

青龙偃月刀也够沉重了，它的造形更具八面威风。青龙者，能大能小，能升能潜，穷则深藏九渊之中，达则飞腾九天之外；偃月者，吞吐日月，一呼一吸之间即大海扬波山崩地裂风云变色；刀者，杀伐之利器。

关云长的青龙偃月刀，据说有八十二斤重，一怒之威，如泰山崩于前，在它面前，想象到威加于身，纵使你胆气过人，也不得不感觉到巨大的压力，乃至恐惧。

质、造形、重量是一个方面，另一方面，是青龙偃月刀的斑斑锈迹、缺口的刀刃、不规则形状的血腥花纹，一望而去，你的瞳孔会强烈地收缩，血液循环、心跳大大加快，你会听到心房中有百十架战鼓的敲击声，你不可能制止双膝的发抖，手不由自主地紧握，试图在空中抓紧一些什么，这是一种本能的反应。

这很正常，这把刀的本身和它的历程明确地告诉你，烈火焚烧锻打，金鼓、旌旗、杀伐，无数的大好头颅在刀下滚落。刀，本身不说话，它的说话是电闪雷鸣血肉横飞，它的存在，不能不使杀气弥漫，没有杀气的刀，当然不会是一把好刀，那甚至不能叫刀。

但如果你熟悉它，那么，你也许会很激动，心头掠过一阵又一阵的激流，就如同在异地他乡遇见一位久违的好友。刀啊刀，横刀挽落日，气吞万里如虎，万马千军中，斩上将首级如探囊取物。人与刀，何妨共上高峰，于万顷松风之中，于皓皓月明之下，花间酌一壶酒如何？

这一战，是虎牢关温酒斩华雄；这一战，是过五关斩六将千里走单骑；这一战，浸透了赤壁满天的烈焰；这一战，乃单刀赴会；这一战，没有战，华容道不战而夺三军将帅之志；这一战，水淹七军擒于斩庞德威震华夏；这一战，吕子明白衣渡江，关云长败走麦城，在风雪弥漫的旷野，虎落平阳，奈何？关云长大吼一声，手持青龙偃月刀，挥动出最后一道弧线。

我们都是常人，我们需要的仅仅是淡泊的生活，但是，有些时候，在有些场合，普普通通的一把刀握在歹徒的手中，他喝令我们交出所有的钱物，欺我辱我，如何处置？慑于刀的锋芒，我们可能会选择投降。但是，对于真正的英雄好汉，一把刀，怎能令他屈服？

说到底，凡人肉体是抵抗不了钢铁快刀的，所谓刀枪不入则近乎神话。

刀为何物？刀是一种更具砍劈功能的凌厉兵器。武侠文学名家古龙一句风铃中的刀声，令人思接千载。作为“百兵之帅”，古兵器谱中有陌刀、腰刀、手刀（戒刀）、柳叶刀、环首刀、苗刀等等种类，每一种类又因其质地、形状、长短、轻重细微的变化而变其形制，不作战场不断杀兵器的刀则更形成庞大的“刀族”，如柴刀、菜刀、剃须刀一类。

闭目玄想，亘古之时浩浩高原长风中闪过一道夺目的光环，这是共工们手中的石刀之光。西周之时，史载是长戟戈矛青铜剑的天下，青铜刀则在劈砍过程中过于坚脆而纷纷坠地。在七雄并起楚汉相争逐鹿中原的烽烟中，铁刀横空出世，成为骑兵集群急驰冲击的利器，战国时期铁器的大量出现，终于使刀完成了一次质的飞跃。

曹植《宝刀赋》云“陆斩犀革，水断龙舟”。魏蜀吴三足鼎立千军万马的杀喊声中，闪烁着奇幻的刀光。

史载：“章武元年（公元221年）蜀帝刘备令蒲元造刀五千口；黄武五年（公元226年）吴主孙权造刀一万口；咸宁元年（公元275年）晋武帝司马炎造刀八千口。”可见，三国时期军备竞赛的一项重点项目，就是造刀运动。

干将、莫邪、欧冶子铸剑为神剑，蒲元铸刀则是神刀。

大师铸剑，过程极其神秘，据《吴越春秋》记载：先是“采五山之铁精，六合之精英，候天伺地，阴阳同光”。然后是“断发剪爪，投之于炉中，使童男童女三百人鼓囊装炭”。剑成，可千里取敌首级。

制刀圣手蒲元也有他的绝活。过程是“受法于金精之虚，以水火之齐，五精之陶，用阴阳之候，取刚软之和”。又“砺以五方之石，鉴以中黄之壤，规圆景以定环，摅神功而造像”。其淬火之水极其考究，当以蜀江之水，汉水则钝弱不任淬用，而蜀江爽烈为大金之元精。如此，刀成，举刀断装满铁珠竹筒，应手虚落。

剑有名剑，如干将、莫邪、纯钧、湛卢、盘郢、龙渊、龙泉、鱼肠、巨阙诸剑。刀有名刀，南朝陶弘景《刀剑录》云：“关羽为先主所重，自采武都山铁为二刀，铭曰万人。及羽败，惜刀，投于水。”想必青龙偃月刀也属二刀之一。又载：“张益德初受新亭侯，自命匠炼赤珠山铁为一刀，铭刃曰新亭侯蜀帝之大将也。”滕陵错横刀、金错半垂刀、金错刀、劈把刀、金错屈尺八刀、百辟刀亦为世传名刀。

在想象中，剑总是与深山白云峨冠博带江湖策马明月清风联系在一起。而刀，而是纵横捭阖、痛快淋漓，与大漠孤烟碧血黄沙战旗猎猎有着不解之缘，如果刀存在于乡间田舍市井街衢，会显得更加直截了当，更加锋利，更加果断；刀的威势，如同空气，无处不在。有道是“巷口短兵相接处，杀人如草不闻声”。想象中，杀人如草的短兵，正是刀。

《三才图会·器用》载：“关王偃月刀，刀势即大，其三十六刀法，兵仗遇之，无不糜者，刀类中以此为第一。”

偃月刀为陌刀之一种，凤嘴刀、眉尖刀、掉刀等大开大合的长柄刀亦为陌刀。古战场上出现的陌刀阵又是如何呢？《旧唐书·李嗣业传》记载其陌刀部队所向必陷，《新唐书·哥舒翰传》则有叛将安禄山部曾以“陌刀五千副阵后”的记载，其冲锋陷阵的结果当然是“渔阳鼙鼓动地来，惊破霓裳羽衣舞”。

刀，大有大用，小有小用，从战场到厨房，无处不用。

刀在一些文人墨客眼中，似乎永远充满了诗情画意、生机与活力，对于刀的仰慕与眷恋如同对于婷婷袅袅的美人，两情缱绻，卿卿我我，还有些肉麻，比如“美人赠我金错刀”；比如“露鲜花剑彩”，月照宝刀新”；比如“吴刀手中鸣，剑气严秋露”。又比如把青龙偃月刀说成是冷艳锯。这大概是纤弱书生的至阴至柔对于至阳至刚的渴求与平衡。

刀，我们必须了解它、熟悉它，在我们面前现在有数十种数百种数千种无数种形形色色的刀，我们去挥动它、使唤它，让它在我们汗水中浸泡，百炼钢化成绕指柔，让它成为我们手的组成部分、手的延伸。

熟悉兵器，认识它、挥动它、理解它，这兵器包括刽子手阴气森森的鬼头刀、屠宰场血腥的屠刀，它们形成的杀气，在你行家的目光下，逃逸了，不存在了。

其实，兵器永远是次要的。但在你不了解它的时候，它却是敌人形成杀气的重要源泉；事实上，敌人是最重要的，飞花落叶在一些人手中也是杀人利器，纵是湛卢巨阙诸上古神兵，在一些人手中，也只不过一块凡铁，杀气的形成不在兵器的本身而在于使用它的敌人，假如我们了解敌人本人和他手中利刃的所有细节，那么，当有一刀向我们眼睛劈刺而来，我们的眼睛根本不屑一眨，我们完全可以吟唱一首古诗，同时，以闪电一般迅猛的速度，在敌人意想不到的角度予以致命一击，做一个玉树临风剑不出鞘的逍遥公子。

选自《散文》1997年第10期

小号在呼唤

张守仁

号音穿越草地，钻过密林，飘到我身边。我放下正在阅读的《敬畏生命》，抬头眺望。不曾想到华北燕山脚下，竟有如此绚丽缤纷的植物园。远处是逶迤的黛绿色群山。松林从起伏的山坡上蔓延过来，一直伸展到我脚下。在我身后，分别是丁香园、碧桃园、花卉园。花圃旁的绿篱修剪得有棱有弧、造型颇具匠心。有蝴蝶、蜻蜓在郁金香、金鸡菊、大理花上飞翔。草丛与草丛间，一行墨线似的蚂蚁蠕动着。一只黄蜂，震颤着透明的翅膀，飞向一片勿忘我花。当蜂儿接近蓝色花朵时，停顿了瞬间，然后收敛翅翼，钻进花蕊，尾部向上一耸一耸贪婪地吸吮着花汁。一只长尾巴喜鹊从树顶上倏地扑下来，贴着草皮飞向远方。我抬头仰望，欣喜地看见树杈里筑有一个鸟窝。一根根枯枝，衔着鸟儿对于生活的梦想，竹篾般编织成一个安乐窝。那是喜鹊的栖息所，是它温暖的家园。我的到来，是否干扰了它的宁静？自从四十多年前离开了故乡，便离开了童年的鸟窝。今日又见鸟的窝巢，顿时有了回归故里的感觉……

缥缈的号音从远处传到身边，把我从静观默想中唤醒。我感到号音里夹带有草香、叶香和花香，还混和着鸟声、蝉声和山涧那边的泉声。吹号者吹奏的是一支《友谊地久天长》。他吹得并不娴熟，但情意绵绵，似乎触景生情，怀想起往日一起远游、促膝谈心的亲密友人。某种无比深沉的情愫，从每一节缅怀的号音里流溢出来，令人感动得无可言说。我想象着吹号者是一个有阅历的人，他从尘嚣、烦乱的城市里出来，置身于这辽阔的草场和馨香的植物园，耳目为之一新，便用小号吹奏出对大自然的爱恋，对生命的珍惜，以及对友谊的呼唤。我想象着铜号的杯形吹嘴和喇叭口在阳光下闪闪发亮，红缨随着吹奏者呼出的气流轻轻飘拂，白云碧草繁花在小号金属表面上映演出斑驳的碎影。我想象着向着远山蓝天昂头吹奏的号手，宛如一尊巍然雕像，挺立在燕山斜曳出的陡坡之上，铸成一个不凡的景观。

这是七月的清晨。展望眼前似曾相识的地形，我联想起十年前我和友人在新疆天山脚下伊勒克草原看到的情景：辽阔无垠的绿草地，像是大地波动的曲线，一直伸展到天的尽头；一群白色骏马，扬鬃甩尾，从远方地平线奔驰而来；疾走的马蹄践踏着草海花浪，身后炮溅起缤纷花瓣，宛如彩蝶追踪纷飞。就是最杰出的画家，也想象不出夏天草原上呈现出多么丰富的色彩、多么生动的画面……

我坐到一块平整的石头上，又拿起书来。《敬畏生命》是法国哲学家、医学家阿尔贝特·史怀泽写的。他从小就用自己编写的祝词为大地上所有生物祈祷，请上帝赐福于一切生灵。七八岁时，他的同学约他到树林里打鸟。他害怕同学嘲笑，便勉强跟随着。树林里的鸟儿们正在晨曦中欢乐歌唱。他的同学在弹弓皮带里夹上小石块，拉紧它，瞄准鸟儿。正当他焦急之际，附近教堂的钟声响起来了。这天国的声音回荡在朝霞里，把鸟儿召唤走了。他这才如释重负，心想这是天神在护卫着大地上美丽的生命。成人之后，他自愿到非洲终身义务行医。一次乘船去为病人出诊，在日落时分的河面上，他看见四只河马带着它们的幼仔与舟船并排着向前游动。他的脑海里突然闪出一个概念："敬畏生命"。人生活在世上，不仅与他人发生交往，而且与一切存在于我们周围的生物发生联系。因此，人应该在自己的生命中体验到其他生命，与其他生命同生同乐，共存共荣。

我的目光从书本上抬起来，环视四周：牡丹园旁大槐树的枝叶间，张着一面阔大的蛛网。那缀网的蜘蛛不知到哪儿去了，只有一片树叶被黏附网上，在微风中上下翻动。阳光照在草地上，蒸腾起一股股热浪。远处绿林里，闪露出千年古刹一角红墙。翠荫掩映的石板道上，有僧人提着塑料桶前往山泉源头处汲水。附近时闻松塔、青果、海棠坠落地上，吧嗒有声，惊飞起草丛里的蚂蚱。蚂蚱因惧怕伤害而披上了保护的颜色。不禁催发玄想：既然生命是宇宙中最高的创造，人为什么要无缘无故残害生灵呢？像深山古寺中僧侣们那样，爱生、放生，普渡众生，让一切生物在大自然中自由自在地繁衍、物竞天择地代谢，那有多好。正如我目前身处的场所，既是植物的乐园，又是动物的天堂，更是人类向往的地方。万类在此和谐共处，组成一个葱茏郁勃的生态环境。

忽觉耳边清静，那吹奏《友谊地久天长》的号音，海市蜃楼般消失了。我站起身，穿过松林，走上草地，想找到那位不认识的吹号者与之攀谈。但来回寻觅许久，方圆数里之内，杳无人迹。我纳闷，我刚才听到的、那沉湎于往昔回忆之中、呼唤着和善与友爱的号音，难道只是我自己的心声，我所向往和追求的梦境！？

选自《散文》1998年第1期

中华民族的盛事

[泰国]梦　莉

此刻，我住在香港富豪酒店十九楼，倚在房间里的窗口，望着窗外那空濛、广漠、静谧、飘忽的夜空。

这次，由于邀请单位的安排，我没住进往常住惯的柏宁酒店，故无法面向美丽的维多利亚港湾。

天气的变化，星星早就闪进了云层……

看来，我又得通宵守夜。

香港回归，是一件令人兴奋、鼓舞的历史盛事，为了迎接这一伟大神圣历史时刻的到来，我满怀喜悦，心中不知多少次，悄悄描画着回归时盛典的热烈场面，自己也好像和狂欢者们一样载歌载舞。

今晚11点30分，我将应邀前往香港会议展览中心大会堂，出席中英两国“香港交接仪式”的庆典，这是一个庄严的历史时刻。

我开始守望着这午夜，计分计秒地倒算着正在逝去的时光，为着迎接一分一秒走近即将到来的辰光——静静，而又多么令人着急，一切好像进行得那么慢慢，悠悠……

我的心潮，时而翻腾，像海涛汹涌澎湃，时而轻悠，像山涧清泉流淌……

我曾经有记不清的次数到过香港，每次脚踏这片被人称为“弹丸”的土地，不管人们对它有何评价，是褒、是贬；是好、是坏；是香、是臭；但对我，心中却有另一番滋味，另一番感觉。

香港，这个紧紧贴着中国大陆身边的土地，不管它是几个山头，几个海岛，几个渔村，几间茅屋，或多少高楼大厦，毕竟，它是中国人的土地。那是天经地义的。

我们的朋友，和泰华所有的文友们，我替你们带来了期盼和祝愿。相信你们也会和我一样，来共同分享我们这个开心的日子。

我们不能忘记，为了这一天，中国人民走过了不平凡道路，为了这一天，无数中华民族的英雄儿女，御外侮，争主权，前仆后继，同殖民统治者进行了不屈不挠的斗争，充分显示了维护民主尊严和国家主权不可动摇的信念，表现出崇高的爱国主义的情怀。

但是，由于当时的祖国极弱，极贫，由于当时政府的腐败无能，斗争是壮烈的，结局却很悲哀。一代又一代的仁人志士壮志难酬。

我默默地望天祷告：姨母、姨父、舅舅，和所有的先烈们：您们的命没有白抛；血，没有白流。您们为国家民族的革命事业而牺牲，精神是永垂不朽的！它将永远活在你们后辈的心中，活在千千万万中国人民的心中。

中国已经日益繁荣强大了，在国际上已经确立了尊严和地位。中国人民站起来了，中华民族祖宗先辈们的梦，无数志士仁人浴血奋斗的理想，和亿万中华儿女翘首期盼了一个多世纪的香港回归祖国的愿望今天就要成为现实了，你们在天之灵也可告慰啊！……

你们的甥女儿——我这个渺小的小人物，竟荣幸受邀来到香港，出席这次的交接仪式，能够见证香港回归这一举世瞩目、永载史册的大事，这是炎黄子孙们历史性的庆典。心中充满了喜悦与渴望，欢欣和自豪。

而今，在跨入1997年7月1日的第一秒钟起，香港的同胞们和全中国的同胞，以及全世界全体中华儿女一起齐声欢呼；中国人民的奇耻大辱，将一笔勾销！香港将重新投入祖国的怀抱！

历史将永远记录下这一天，中国人民将永远铭记这一天，全世界人民也记住这一天，人类的正义事业终于取得了胜利。

我怀着无限激动的心情，为香港祝福！为祖国祝福！

选自《散文》1998年第1期

感动三章

姚振函

阳光的寂静

窗户被前面的高楼挡着，整整一个冬天（从立冬到立春）见不着阳光。刚住下的那几年总为此耿耿于怀，时间一长也就接受了这个事实，习惯了，不再算计阳光回来的日子。这天大约是立春刚过的某个日子，我趴在床上看书，无意中一扭头，发现床前边的地面上有一小长条的颜色与别的地方不一样，呈淡淡的黄色。因为我家的地板砖是驼色的，这一小长条淡黄色的地面如不仔细看是很难发现的。我发现了，原来这是一小长条阳光，它从前面高楼的顶沿与我家窗户上边框之间很窄小的一条缝隙中间穿过，落到我床前的地面上。因为这天的天气不算十分晴朗，天空有一层薄薄的云，阳光才不那么白亮，才呈淡淡的黄色。它是那么安静地照在那里，一点声音也没有，简直腼腆得像一个小姑娘。它是怕惊动我吗？但它是阳光呵，世间一切还有比阳光更了不起的吗？而了不起的阳光却这样不动声色，这样不把自己视为了不起。我木然了，呆呆地，若有所思，又不知思什么。再看那一小长条阳光，竟不见了，原来这一瞬间太阳又偏斜了一点，阳光就照不进窗子里来了。当时我无法不被这一小长条阳光，以及它的出现和消失所打动，并产生了想描写它的欲望，并产生了想表达我的这种被打动的欲望。这一小长条阳光使我听见了春天向我走来的脚步声，让我知道春天已确确实实造访过我的小屋。但使我最感动的还是阳光的寂静，这真是震撼人心的寂静呵。一个人也许在各种奇异的环境中感受过阳光，但是我要说，你假如没有注意看见过如我看见的这一小长条淡淡的几乎看不出来的阳光，你就对阳光永远是陌生的，不懂得的。

但是我不得不承认我没有描写它的能力，也没有表达我的感动的能力，语言没有这种能力。我只是想，如果今后我要描写一种感人至深的寂静时，我就这样写："像阳光那样……"

修车老人

自行车脚蹬子和中轴连接处有点松，每蹬一下就咯噔响一声，总懒得去修。这天骑车路过一条僻静小街，正好见路边有修车的，就停下来，想在这里修一下。

修车人有六十岁上下，很结实的样子，一脸的憨厚相。此时他正低着头补车胎，看见我，问："怎么了？"我指指说这地方松了。问我的时候他也没抬头，只用眼角扫一下，还是忙着手里的活。他粗糙的大手裸露在冬天零下五六度的空气里，先是摁在一盆冷水里查找车胎漏气的部位，然后剪补丁，抹胶水，贴补丁，上胎，打气。

看着他专注地干着这一切，微微喘息着，一言不发，不由就让人生出某种敬意。我总觉得似乎在什么地方见过这样的老人，见过这样一副熟悉的有些老态但显得健康的面孔。

这条小街说是僻静，也是相对而言。在他的修车摊旁边，来来往往的车流和人流不断，可他对这些甚至不看一眼，他只管修他的车。他面对的只有各种待修的自行车，各种扳子、钳子、锤子、改锥、螺栓、螺母。城市一天天变化着，远处高楼的影子依稀可见。这些好像与他无关，他只属于他手中的活儿，一天天为人们修那永远也修不完的自行车，从中挣回维持生活所需要的钱。

轮到给我修车时，他用手拨了一下脚蹬子，说："销钉松了。"然后用一截铁管垫在车轴上，又用锤子对着销钉用力砸了几下，再把销钉一端的螺丝拧紧。就说："好了。"

我问多少钱，他说不要钱，理由是"没换零件"，随即扭头又去修另一个人的车了。在这种情况下，在他的这种本该如此、不容商量的原则性面前，我只好把手中举着的钱收回。否则，我要是再执意给钱，倒显出我的小气和卑琐了。这样，在我推车离开的时候，本想说句"谢谢"，但不知怎么这两个字终于没有变成声音。

打错电话

不知你也像我一样碰到过这种事吗？电话铃响了，急忙拿起话筒，却是对方打错了电话，不免为之扫兴。要是赶上心情不好，或许还冲人家一句："瞎打什么呀你！"特别是在刚装上电话不久的一段时间里，一天到晚盼着电话铃响，接一个错打的电话就像被人捉弄了似的，恨不得跑到电话线那头打那人一个耳光。

后来错打电话的事总是发生，气也就慢慢小下去了。特别是有一天自己不知怎么也打错了电话，悻悻之余，似乎若有所悟，想通了一些事。原来打错电话的事是免不了的，原来这本不该大惊小怪的。世上的事有正常就有反常，有正确就有错讹，对待反常和错讹也应有一颗平常心，视之为事物存在的一种方式，也是不可缺或不会缺的。那些处事泰然的人，那些对人对事有宽宥之心的人，正是对事物有透彻的眼光的人，他们的心中容得下别人容不下的任何怪异的东西，他们的脉搏跳得均匀，呼吸也舒缓平静。

这么想了之后，就被自己这些想法所感动，以后再碰上打错电话的，就平和地告诉对方：“你打错了，请再拨！”

选自《散文》1998年第2期

阳光之醉

苏沧桑

远离了都市的喧嚣，穿一身宽大的休闲装，任长发飘散，让所有绷紧的神经都放松，双手合十，双目微闭，静坐于清晨的风中，与自然交融。然后，慢慢地感觉着眼前的色彩由淡黄变为橘黄，又变为橘红，最后变成一片玫瑰红，无需睁眼，就知道，那一轮太阳已喷薄而出了！深深地吸一口气，顿觉阳光如生命之泉涌流全身，耳旁响起了《命运交响曲》的旋律……记得母亲将这叫做“采日精”，是古医书上说的，还是她自己想出来的，不得而知。只记得母亲每每坐在靠南的阳台上做完这一“早课”后便精神焕发。而我沐浴在晨光中，感觉阳光如一个可爱的小天使，蹑手蹑脚地穿过薄雾，无拘无束地挥洒着灿烂笑容，偷偷将双手抚上我的脸，不管我乐不乐意，将我内心深处的杂念一齐抽走，再在上面开一朵快乐的花。经过初阳圣洁的洗礼，心中所有的心事便渐渐融化，我亦还原为那个最真的我了。

太阳渐渐升高了，阳光渐渐暖了，此刻的阳光最像一坛愈酿愈醇的酒，飘出芳香，这芳香又是它的灵魂，在你孩子散发奶香的身上，在你新晒的被褥中，在耳边蜜蜂的嗡嗡声里，在青草地如释重负的呼吸里，在老人无悔的笑靥里……这一切引诱着你喝一口，再喝上一口，就醉了，就飘飘欲仙了，就在暖暖的氤氲里做起了悠远的梦。梦里仿佛又回到了儿时。记得五岁那年得了急性肾炎，住在医院里，吃的是淡得不能再淡的饭菜，病房靠北，阴冷、潮湿，那时，多么渴望到洒满阳光的野外跑一跑啊！出院是在一个阳光明媚的午后，母亲将我抱在怀里，父亲跟在后面不时说“走好走好”。躺在阳光下母亲的怀里，不知是阳光还是母亲的手在轻轻抚摸着我的脸，我感觉到一种宁静和温馨。从那时起，就觉得阳光就是母亲的手，给我们的心灵以永远的抚慰。

思绪走得很远的时候，阳光渐渐老成了一个红脸公公站在山岗上说“明天见”。阳光是公正的老人，它还要忙着去照顾地球上另一半的人们。美国有一个电视剧叫《黑暗中的孩子》，取材于真人真事，说两个美国小女孩，患了遗传基因引起的疾病，阳光以及一切稍稍明亮一点的光都会夺去她们幼小的生命，她们只能生活在黑暗的世界里。可她们是多么渴望阳光，甚至有一次，她们实在忍受不了黑暗的吞噬，终于打开门，冲了出去……正是那种对阳光的渴望，两位小女孩至今仍然生活在黑暗中，与病魔做着不屈的斗争……没有失去过，怎能体会阳光于生命的珍贵？

选自《散文》1998 年第 4 期

谢谢你创造了羽翼

张丽钧

"如果我有一双翅膀,我就一天到晚不停地飞飞飞。"

这是一部儿童剧中的台词,说这台词的是一个脏兮兮的小男孩,听到这男孩突然讲出这么可爱的话来,我一时间竟然愣在了电视机前,由不得在心底应和着那美妙的童声一遍遍说道:"我也是,我也是……"

小时候最嫉妒的是天使,以为那准是禽类和人类共同的后代;也曾精心抚摸过自己的肩背,企盼着那里春芽破土般地透出一些儿惊世的消息。后来,我终于悲惨地长到了能够准确无误地区分梦境和现实的年纪,我明白了:这拙笨的双臂永远也不可能托举着我完成一部摘云的神话!

于是我歌唱。

我钟情一切颂扬翅膀与飞翔的歌曲。我唱"小燕子",我唱"小蜜蜂",我唱"呀飞啦,人民要解放!呀飞啦,人民要自由!"(当我终于晓得了"呀飞啦"原来是"亚非拉"之误时,我懊丧极了!)我在歌曲中体验飞翔的乐趣与快感。我不知道,在这个世界上还能有谁像我这样动用整个生命中的爱去唱那些让我想入非非的歌曲。

我多么喜爱小鸟——那拎着奇妙的音乐盒自由自在地行走在蓝天白云之间的小小精灵!我常常痴痴地想;既然天空

中没有樊篱，那还有什么能够阻挡得了鸟儿们的飞翔呢？鸟儿们飞呀飞呀，晴天里飞成一首诗，微雨中飞成一阕词。它们的事业，就是以不倦的翅膀幸福地丈量美丽的长天。真想寄一些最最空灵的心事给那御风而行的轻羽，让它们带着我删繁就简的愿望飞进那令我目力难及的天堂。

总也忘不了一幅名为《无题》的漫画，画中有只关在笼中的小鸟，正苦苦挣扎着放飞那用自己的心脏扎成的风筝……我善感的心在那页书上悲悯地颤了又颤，好想赋予这可怜的生灵一支骆宾王那样的健笔，也好让它写出一篇悲愤犀利、醒世骇俗的声讨檄文。

……

“如果我有一双翅膀，我就一天到晚不停地飞飞飞。”

——听吧，这是你童年的声音，这是我童年的声音，这是人类童年的声音呵！

当我们拖着疲惫的双腿行走在尘土飞扬的大地上的时候，飞鸟那轻捷的身影给了我们多大的安慰与启迪！想那莱特兄弟，不就是得着这种安慰与启迪成功地给自己的梦插上了金属翅膀的吗？在天使必然地淘汰掉我们庸常的姓名之后，在平滑的肩背必然地迷失了春芽破土般惊世的消息之后，让我们保留着一份想飞的可贵心境，像欣赏恋人一般去欣赏飞翔吧！让我们动情地对这世界说：

“感谢你创造了羽翼，感谢你创造了飞……”

选自《散文》1998年第3期

写作是一种症状

李 庸

上小学高年级的时候，有一次和父亲聊天，我不知怎么想到这样的问题——我说，现在又学外语又学拼音，多麻烦呀。不如将来，世界上的各国语言都变成比如拼音一样的一种，不就好了吗？父亲当时笑着告诉我，斯大林就曾发表过这种观点。家严熟读马列经典，他说的肯定不会错，万一这出处说错了那绝对是我记错了。总之，父亲的话让我很高兴，助长了我胡思乱想的热情，还有把这种胡思乱想说出来的勇气。第二件事大概就与这热情和勇气有点关系。

大约是上初中的时候——也许是高一，记不太清了——我有一次在作文里写道，“与其说我打发日子，不如说日子天天来打发我。写完之后，我非常得意，就反复吟诵，玩味，而且在此后的作文中一有机会就想用，直到有一天被语文老师制止，这很让我扫兴，不过更扫兴的是后来我看到一篇文章，一个作家好几十年前写的——这个作家这几年太有名，我这里不想再提名字了——其中有两句话竟然和我作文里的话几乎一字不差。这造成了比较严重的后果和比较复杂的心理反应：先是因为和名家想到一起而高兴——这不必多说；然后就有点酸——怎么人家写出这样的句子就能又出书又出名，而自己却写了也白写，无人知晓呢？再以后，我开始由此意识到一些更有普遍意味的事情，那就是我所经历、体验的，前人都已经历、体验；我所表达的和想表达的，前人也都已表达了。还有，就是书面“表达”这件事本身，好像也吸引了不少人，更确切地说，有包括我在内的许多人为比较好的和比较有趣的表达形式所吸引。

于是我喜欢上写作这件事，觉得它比较有趣，除了一些与众相同的功利目的——这肯定是我热衷于写作的一个主要原因——还有更深一层的心理原因，比如那种想象着陌生人在读我的文章时的快乐，这种想象的快乐也许来自于人性深处的表演倾向和游戏倾向。“有趣”的其他万面这里不一一说了，总之，写作时的心理比较复杂，不过大致说来，也就如此了。

所以，可以理解为什么别人也喜欢出书。但是这并不能阻止我批评劣书，哪怕招来别人对自己的批评也在所不惜。因为我知道，写作在包括我在内的很多人那里经常表现为一种症状，所以需要适当的批评来调节。

选自《散文》1998年第5期

网里景观

杨光治

"家庭"这个词,古老而有意思。"庭",指屋阶前的院子,或称院落。创造此词的古人告诉我们:家有了庭,生活才方便,才有乐趣。此词含蕴着古人的家居经验。

的确如此。院子是晾晒衣物、散步游戏、乘凉赏月、谈心忆旧的好地方。如果在其中栽花植草,经营成一个小花园,这个家就更加美好了。

这样充满着画意的庭,是萌发诗情的所在。有诗词为证:

"六曲栏杆偎碧树,杨柳风轻,展尽黄金缕。"这是五代著名词人冯延巳的《鹊踏枝》中的句子。

"梨花院落溶溶月,柳絮池塘淡淡风。"这是宋代著名诗人晏殊的《无题》中的句子。

"窗前谁种芭焦树,阴满中庭,阴满中庭。叶叶心心,舒展有余情。"这是宋代著名女词人李清照《添字采桑子》中的句子。

不管寄寓着什么样的思绪,句子所展现的境界都是令人神往的。

家如果有庭,真是一大幸福。对于农家来说,庭,往往就是农作物的晒地和喂养禽畜的场所,实用价值就更大了。

当代都市寸金尺土,一般人家谁能拥有庭院?于是阳台就显得极为可爱。

托改革开放政策的福，我家有两个阳台，一朝南，一朝北。近些年，由于治安形势严峻，许许多多人家的阳台都围上了防盗网。网的铁条从阳台护栏的平面向外伸出四五十厘米，成了摆放花盆的最佳位置，因而广州的大街小巷，出现无数“网里花草”的景色。

我家也不例外，但所养的植物却不会令人羡慕。共达二三十盆，阵容也可算“强大”，然而尽是些平凡不过的货色。

这是有原因的。鄙人乃工薪阶层中的一员，买不起奇花异卉；就算买得起也养不活，因为不懂得养植之道。

前两年，芳村友人赠予一枚几乎像足球那么大的“象牙球”(仙人掌类的热带植物)，由于其价值不菲，所以决心好好养护。明知它的本性耐旱，可是见到它脚下的沙土干巴巴一片，状貌可怜，就忍不住浇水，结果才两个月就腐烂了！顺德友人送来的一盆高可及肩、叶如翡翠的巴西铁树，来到我家不久就枯黄憔悴，大概也与灌溉不当有关。例子不止这些，但是不愿再说下去了。

还有更令自己后悔的事。

前年春初，我从附近的一个废圃中找到了三棵形貌特异的福建茶。这种小灌木素受岭南盆景家的钟爱，与“酸味”、九里香、小叶榕并称为盆景的四大树种，所以我视之若珍宝，分植在精美的瓷盆里，发誓要亲手将它们培养成杰出的盆景，为此付出了不少精力：早上喷雾，傍晚浇水，天天不忘。还经常窥测天空，及时移动它们的方位，让其能适当地吸取阳光。皇天不负苦心人，大半个月后，新叶盈枝，因而更是认真护理：发现小虫为患，即用牙签轻轻地逐一剔除；觉得残丫碍叶，即细心剪去；还到街角挖来青苔，铺植于其下以作映衬……

这几株小宝贝曾饱受劫难。它们所在的花圃被废弃后，成了建筑工人、捡破烂者随意坐卧及堆放杂物之地。它们虽然仍未死亡，但已尘土满脸、枝歪条断，因此形状极为特殊；稍作剪裁，样貌就更为出众了——

其一的主干，在离泥土二三寸高的地方分两组长枝。上一组的枝条都是自下向右上方呈弧形生长，下一组的枝条也呈弧形，但方向刚好相反。两者若连若续地围成一个空间，因此名为"绿色的空间"。

其二的主枝近似"悬崖式"，从盆边向左下方倾泻，但随即又反折向上，十分倔强，因此名之为"绿魂"。

其三也别有情趣。主枝如拇指般大小，伤痕累累，坚实地挺立，状甚刚朴。下半部萌生的两条宛曲柔软的小枝，分别向左右娜娜延伸，枝上绿叶纷披，迎风颤动，叶叶柔情。两者的品格反差鲜明，却和谐共处，因此名之为"刚与柔"。

如此这般，岂能不令人珍爱？朋友们看了，也都赞叹不已。更加上它们都是自己采来，亲手植就，因而更是珍上加珍。

可惜好景不长，它们竟都死于我的手下！

为了促进生长，我投放了一种名为"植物促生素"的东西，几天后叶子就变黄而飘落。我意识到这是施"素"过量的结果，连忙将它们根部的泥土换掉，并大量冲水予以淡化，但始终无济于事。

可爱的生命就这样结束了，它们的枯枝日夜横斜于铁栏旁，似在无声地控诉。我仍然每天浇水，企图通过这来减少自己的罪过，希望它们获得一点清凉，但它们总是默默无言。闲时走过那个废圃，发现它们那些留守的"姊妹"却绿光闪闪，生机勃勃。大概，它们正为当时没有被我请进瓷盆而深感庆幸。

这是好心办坏事，但是按照动机与效果统一论来分析，我是不能辞其咎的。目以为爱护植物的我，其实是一名“植物杀手”。我不由联想起其他：深山野树，温室花朵，穷苦人家的孩子，清朝的八旗子弟，还有如今那些交纳二三十万元学费的“贵族学校”的学童，哦呀，“促生素”！

思絮剪不断，理还乱，还是言归我家的阳台为佳。从此以后，我连稍为高级一点的植物也不敢购买。今年春节前夕，南海市的一位老友要我去拿几盆好的花卉来应节，可是我没有去，因为怕再次充当“杀手”。于是，我家阳台上的盆栽，都是一些粗生粗长的东西，随意浇水施肥也不妨。

然而也不必因此而遗憾。它们虽然不够高级，但都是生命，而且长势还很旺盛，这已足可娱我眼目。

选自《散文》1998 年第 8 期

没钱的日子

陈恢向

翻遍了所有的口袋，我所得到的仅仅只有一元五角了。

我沮丧地望着窗外，天上的白云悠悠转，三月的太阳温暖地斜射到室内，几只小鸟在宿舍旁边的树丫上跳来蹦去，吱吱地发出悠扬的鸣叫声。可这一切都引不起我的兴趣，“钱，钱钱”，我心里一阵颤栗，“钱不是万能的，可没钱是万万不能的”，今天我才真正体会到这句话的深刻涵义。要是三年的时间一忽闪儿地过去，该多好呀！那样可节省我近乎天文数字的一笔钱，三年的学费和生活费对我这样的低水平消费者来说也要一万多呢，我家就是砸锅卖铁也拿不出来呢！

上月发回家的电报怎像断线的风筝杳无音讯？我现在还清楚地记得那上面的内容：“父，速寄二百来”，就连这样简单的几个字也花掉我三元钱，记得先前都是父母按时将钱寄来，可现在……为了节省一个字，那个刺眼的钱字也被我省略掉了。

我挪了一下麻木的屁股，把钢笔放在凌乱的书桌上，书海里遨游使我忘却了暂时的饥饿，可一停下笔来，“饥肠辘辘”这个成语又袭入脑海中。“家里现在该在播种了，父母也应该奔波在种子站和育场之间了”，我一会儿又回到了那个美丽又贫穷的山村中。自从我考上大学，父母紧锁的眉头才开始舒展，可那让人生畏的学费使父亲又皱起了眉头，况且弟弟也刚踏入大学。

今天是星期六，寝室的同学们早出去溜达了。"我得找点事干。"我走出了寝室。街上人来人往，车水马龙，这个大都市确实繁华。一上午的奔走，小巷里再转小巷；询问了又询问；微笑了又微笑。终于在十二点钟时，我揽上了一桩活儿。

带着疲惫的身体，我领回了三千个信封。活不累，只要按地址、姓名分别抄到信封上去就可以了。一分五厘一个信封，"太吝啬了。"我不禁骂起那个斜着眼睛看人的胖老头。

两天两夜的奋笔耕战，我颤抖的手终于停住了笔，揉着熬红了的眼睛，望着变形的手掌，我感到一阵欣慰。我感觉到了自己的存在，生命的价值。

"没钱的日子马上就要结束了。"我一阵狂欢，赶紧夹起课本向教室冲去……

选自《散文》1998年第8期

木槿花落又一年

李凯霆

不妨说，木槿是距离我最近的植物之一。

这并非仅仅因为它生长于庭院之中，并且几乎与我们同时迁居于此。十多年过去了，我竟然忘记了它的名字。黄昏时我问父亲，站在庭院中的他竟也一时答不上来。看来，命名对处于具体场景中的物我关系并不重要。它之于我们，保持着最纯粹的直观状态：它紧挨在花墙边，枝、叶、花都很生动，很好看，其中一部分不得不伸展到花墙外；它在秋天里仍延续着夏天微红略紫的花朵，很静，很轻，很淡。时空的绵延，在它这儿得到另一种形式的呈现，并与我们的方式远远相对。

人之命名或语言与它无关，尽管我们一再强调：它是一个隐喻。我发现，父亲对他侍弄的几十种花草，竟有一半唤不出名字来。

与物无言，或许正是一种神遇后的幽亮。

这一点与我不同：我几乎一到庭院中，就想搞清楚这花那草姓甚名何。细细想来，我的遗忘与父亲的遗忘还是有些异样。我是在距它很近却又很远的日常漠视中遗忘它的。

当日常生活出现阴影时，便不可能不延伸到庭院，甚至无端迁怒于此间的花草。这大约也是人自身的一种渺小和浅陋吧。随着父母的移居，庭院便日渐荒芜，尚在花期的木槿也被抄底砍断，记得那时正值初秋时节。

木槿是被劫持的。它自开却不能自落。我起初以为它算完了，到了冬天更陷入绝望，第二年春天我已很少到院子里。

在存在及时光中，我有时几乎认不出自己。

后来，我不经意将院中情形告知母亲：荒草长得很高，有的已有半人深。母亲听后很不悦，说：你们也太懒，草长人不旺，不吉利。

事实确实如此。木槿成了荒芜的一部分，我的阴影也是。在驱除表层荒草时，我发现木槿的断面已萌出枝芽。接连几日，它如蛇信般向上窜动。那么，是什么使它从濒死中复苏的？

它又回到生命的童年：嫩绿的表情里，互生的叶子像好奇的眼睛。它在说它不懂。我能说我懂吗？这是木槿唯一没有开花的一年。

然而，当我独处时，我还是觉得它的花儿在风中轻轻落下来，像秋日树隙间漏下来的模糊光斑。蒙田说，有人问米松独自一人在笑什么，他回答说：正是笑我独自一人在笑。一个人，也许只有在看似理解但又无法理解时，才会暗自好笑。而这正是木槿以创口目击过的一切：它是距离我的生存最近的植物之一。

不知不觉地，木槿又长到原先那么高，自根分立的几个枝梢已窜过花墙头，但它不及小小家园的分叉速度：几年后我和她平静地分手，还是让朋友们惊讶。终于，始料未及的那扇门被打开了。它与空气以及呼吸融为一体，在闪电裂空的夜晚被我看见。

如今我独自一人，仍住在老地方，生活照旧，偶尔也回忆往日的时光。而大风过后，木槿会四下倒伏开来，这时需要将它扶正，甚至用细绳将它们固定。但它们此时又似乎不能碰：

大风没有刮掉的花朵，会在轻微的触及中脱落下来。

而人性不可能不拥有它的弱点，甚至依赖这个弱点。帕斯卡尔的左边有一个深渊，他就让人摆上一把椅子，以便使自己安下心来。我希望改变自己，但改变又必须使自己保持不变。过去上学时，每次自我介绍都要写上存在的"缺点"或"错误"，并在最后向老师表决心"改正"它们。因为那时，无论谁的手中都握有一块神奇的橡皮。

但我的那块橡皮肯定丢了。

我的弱点甚至使我不堪一击：它是出自天性还是后天养成的呢？当我重复那句箴言：生活需要宽容、容忍、忍耐时，是否能使我处在较为有利的位置？

或许，木槿能让我看见存在和不存在的一切。看来，时间并非仅靠自身的力量，而且靠我们对它持续到来的虚无之忧惧来支撑的。

有一天，我在旧家具的抽屉里，无意翻到一张旧照片：我和她在庭院里相对而视，背后木槿的叶影摇曳在脸上、肩上。1988年夏日的阳光瞬间让我为之动容，木槿花仍在枝头，很静，很轻，很淡。

世界原本就是这样流逝又重现的，万物也是如此：与木槿相遇，它便是世界，便是一切。这使人世间惯用的"悲喜"二字变得浅薄。

不妨说，花开与花落其实是一回事。雪枝就是春泥，流水就是岩石。而我们，只是置身其间或者消融其中而已。由此放眼看去，在死那儿，便能见出生之江花似火；在生这边，亦能见出死如秋叶之绚烂了。

选自《散文》1998年第8期

别忘了给母亲买蛋糕

杨 浩

5月10日，母亲节，市区一家生意兴隆的糕点店打出“别忘了给母亲买蛋糕”的巨幅广告。店主说“别忘了给母亲买蛋糕”，少了对顾客一如既往的谦恭，多了对“上帝”亲切友善的提醒。我更愿意把这则商业广告看作是一种公益行为。

纵观来去匆匆的世人，年轻的母亲忙工作忙学习忙接送孩子忙三尺灶台；年老的母亲虽然退休，但早已拟定出“再就业”的方案：记着，明天就把孙子接过来，让儿女腾出手来干事业；告诉儿女从今往后妈买菜做饭侍候你们，省得你们发牢骚“人到中年忙不闲”。当然，老母亲不会忘记老头子，老母亲自言自语，要订两份牛奶，一份给孙子一份给老爷子。

情爱和责任犹如两根鞭子，左一鞭，右一鞭，不停地抽打着母亲，母亲恰似旋转的陀螺，不能停，不愿停，除非倒下。

我想起一个动人的故事，二战时，有位打入纳粹的苏联女特工在分娩前将舌头咬断，她怕阵痛来临控制不住自己，一旦在德国人面前用母语即俄语喊出“妈妈——”便会暴露身份。

不同的语言，呼唤母亲的声音几乎都是相同的“妈妈”；不同的民族，痛苦难耐时的呼救几乎都是“妈啊——”

一年四季，我们度过多少五彩缤纷的节日，传统的不够引进现代的。元旦、春节过后，我曾看见风流倜傥的先生手捧芳香的玫瑰花，风情万种的女士怀揣甜蜜的巧克力，相依相偎双双走进2月14日情人节朦胧的月光。我看见年轻的父母陪伴天真活泼的孩子逛公园，买玩具，为孩子欢度“六·一”或欢度生日，并听见过年轻的父母不亦乐乎地自嘲“孝子孝子，孝顺孩子。”当我们面对孩子感叹哺育的艰难时，是否应该扪心自问：我们是怎样成长的？母亲是如何辛劳的？为什么只有在饿了、渴了、累了、痛了时才想起妈妈？一年三百六十五天，哪一天属于母亲？

感谢店主的提醒：5月10日母亲节，别忘了给母亲买蛋糕！我穿过巨幅广告奔向电话亭，拨通电话，传达儿女对母亲的深深祝福。

选自《散文》1998年第11期

听 琴

赵丽宏

一次,在一位朋友家里说话。朋友家有很好的音响设备,我们交谈中,客厅的喇叭里放着一张弹奏古琴的唱片。开始我并不留意,然而那奇妙的琴声终于拨动了我的心弦,使我忍不住中断话题,仔细谛听那仿佛来自远古的声音。

这是非常奇妙的声音,单纯,委婉,使人联想起在山间的泉水。这是在月光下流泻的泉水,晶莹清澈,蜿蜒曲折,跌宕起落,时而一脉如壶滴,时而汹涌如奔马。水花撞击着岩石,发出清脆幽远的回响。沉浸在这样的琴声中,使人很自然地想起王维的诗:“声喧乱石中,色静深松里”,“明月松间照,清泉石上流”,“静言深溪里,长啸高山头”,“谷静秋泉响,岩深青霭残”……王维的诗句,简直就是琴声的绝妙写照。这琴声,也使人想起《礼记·乐记》对音乐的描绘:“上如抗,下如坠,曲如折,止如槁木……累累乎端如贯珠。”想得更玄一些,仿佛能想见一个宽袍长发的哲人,面对着流水,思绪起伏。抑扬顿挫的琴声就是他自由自在的思想在天地间飞翔。

“那是《流水》,伯牙和钟子期高山流水结知音,弹的就是这曲子。”朋友向我介绍道。

数千年前的琴曲能否流传到今日,我很怀疑。不过,这琴声确实古意盎然,没有丝毫现代人的浮躁和张狂。在七根弦上，能弹出如此美妙而富有内涵的曲子，实在是让人惊叹的事情。古代的文人，曾经将抚琴作为必修的功课，所谓“琴棋书画”，弹琴列在首位。古代文人的生活中，有不少和弹琴有关的轶事。最出名的就是伯牙和钟子期的故事，琴声能代替语言，表明心迹，沟通感情，使两个陌生人成为知己。这样诗意的传说中，凝集着中国人的才情和智慧。诸葛亮在城头弹琴退兵的故事，在中国也是家喻户晓，读《三国演义》，这是最令人难忘的情景之一。如此戏剧性的场面，在现实生活中其实不太可能发生，这也许是民间故事和小说家创作的结合。在《三国演义》中，罗贯中对诸葛亮的琴艺和琴声没有一字描绘，只是交代情节而已，然而这样却给读者留下了阔大的想象空间，诸葛亮怎样才能在琴弦上弹出他的镇静，弹出他的大智大勇，这需要怎样的心理素质和艺术技巧？且去自由想象吧。司马懿必定是深谙琴艺的，他能在从空中飘来的琴声中听出弹奏者的思想和心情，只是他无法识破一个智者绝顶高超的骗术。在电视连续剧《三国演义》中，我看过现代人演的这出戏，演员靠的是脸部表情，诸葛亮的指上功夫是无法表演的，而那迷惑了司马懿的琴声，更是难以展现。历史上有关弹琴的著名故事，还有《广陵散》，这是一阕叙事曲，表现战国时聂政刺韩王的传说，据说早已失传。《广陵散》的失传，曾被许多人演绎，《世说新语》中有《广陵散绝》，不到百字，把故事写得惊心动魄：“嵇中散临刑东市，神气不变，索琴弹之，奏《广陵散》。曲终，曰：‘袁孝尼尝请学此散，吾靳固不与，《广陵散》于今绝矣！’太学生三千人上书，请以为师，不许。文王亦寻悔焉。”司马昭不理那么多知识分子的请愿，杀了嵇康，后悔时已经来不及。嵇康被杀头前弹的《广陵散》，应是此曲最后一次在世间回荡。一个临死的人,能沉着地将一段复杂的叙事曲弹完,也是不可思议的奇事。其真伪,恐怕也无从考查了。

一位在大学教书的朋友喜欢古琴,业余时间也自习操琴,是现代都市中难得的雅士。听说我对古琴有兴趣，朋友便赠我一张古琴独奏的唱片，演奏者是龚一和戴晓莲。演奏的曲目中,有《流水》、《阳关三叠》、《梅花三弄》、《平沙落雁》、《渔樵问答》等名曲,竟然还有《广陵散》。我不明白,这已经绝响的古调,如何又在今人指下复生？或者,关于它绝响的故事,本来就是无中生有的民间传说。对于唱片里的古曲，我宁信其真：这就是古人弹奏的《广陵散》，就是嵇康临刑前弹过的《广陵散》。这样的曲子，人们是不应该轻易忘却的。听着这些使人回肠荡气的古琴曲,遐想古人曾经历过的情境,只觉清风袭人,松涛、月色、水光扑面而来,也有金属的撞击声,有铿锵的英雄气概。这样的情境，已经难以复返。于是自然地想起刘长卿的《听弹琴》:“泠泠七弦上,静听松风寒。古调虽自爱,今人多不弹。”李白当年听着这些曲子,曾经这样感叹:“客心洗流水,遗响入霜钟。不觉碧山暮,秋云暗几重。”此刻,在古琴的余韵中,我推窗远望,既无碧山,也无秋云,唯有新建的高楼和正在施工的脚手架,陈杂在天地间,压迫着我的视野。这样的景色和古琴曲毫无关联。此时,不妨学韩愈,听琴时闭上眼睛,把自己想象成一片云叶:“浮云柳絮无根蒂,天地阔远随飞扬。”

选自《散文》1999年第1期

蓝月亮

冯文俊

爬上高高的玉龙雪山，就看见了蓝月亮。

那是纳西人千年情爱孕育的蓝月亮，那是亮晶晶的玉水捧出的蓝月亮。

美国作家詹姆斯·希尔顿写出了闻名于世的小说《失去的地平线》，将蓝月亮的奇光异彩洒遍全球；在梦的光环中，俄国人顾彼德以不屈不挠的精神，在如梦如幻的玉龙大雪山，寻找到了迷人的蓝月亮。

蓝月亮是灵魂的心路。在这条路上，徐霞客一声惊叹，以历史的震撼力穿透了我们的魂魄；在这条路上，收集天书的纳西学之父美籍奥地利人约瑟夫·洛克，破译了古纳西王国的宇宙文字，透过蓝月亮的光芒，世人看到了纳西民族雄浑博大的精神气象。

蓝月亮是温馨的山谷。山谷弥漫着神奇的传说和动人的歌唱。在生命与爱情的乐园里，太阳的情绪在山谷里奔腾，雪山的祈盼伸进了高远的蓝天。

撩开蓝月亮醉人的面纱，凝视生命的光辉，倾听远古的歌谣，便捕捉到了蓝月亮极致的美，便深刻地感受到，不屈不挠的纳西民族，是怎样以民族精神的永恒冲击，以金石电光的灵感，建起了一座水上古城，创造了风情万种的民族文化，把人与社会，人与自然的伟大和谐，奉献给每一个欣赏者和享受者，奉献给中华民族乃至世界。

蓝月亮以世世代代的忠贞，点亮了千年的梦幻；蓝月亮以天姿绝色的诱惑，亮丽成一部令人惊喜的历史。

蓝月亮是自然的馈赠，是民族魂灵的凝聚。她微笑着，放射出数千年的文明之光；她呼喊着，升起了前所未有的希望。

人的一生，是应该来看蓝月亮的。

选自《散文》1999 年第 4 期

"打的"与包车

朱　竹

如今乘坐出租汽车叫"打的",过去叫包车,先讲一则自家于本地小城"打的"的故事,再讲一则先父于大都市包车的故事。

自家的故事是这样的。一日,于朋友家晚宴之后,已是满天暮色一街灯火,公共汽车无迹可寻;无奈,只好"打的"。相送的友人,面对街口一辆桑塔那大"的",执意要为我打之,被我百般劝阻婉言谢绝。

当下,与那友人握手惜别挥手拜拜之后,独自一人不紧不慢远足起来,直至走出七八华里,约摸有了小半个路程,才停下脚步,从身边川流不息的"的"车中,取向一辆黄色小"的",抬手呼之,又经过一番价格上的置疑论断之后,才不无舒心地钻了进去。

"的"车在风驰。两边灯火在流动。心想我这个不谙世事囊中羞涩的书生,如今也在"打的",惬意中不禁有几分悠悠然;再想到我是如此这般,既散了步,健了身,又节了约,省了钱,心中不禁有几多飘飘然。

上述打的之经历,使我油然忆起先父生前于京城乘坐包车的故事。父亲与母亲本为乡下人,为躲避战乱,从郊野迁至城里谋生。一家三口:我走上街头卖报;母亲为人家拆拆洗洗,读过几年私塾的父亲呢,于奔波忙碌中,则梦想找到一份较为体面的职业,求得一份固定的收入。于是冥思苦想出一位同乡的同窗。这位父亲同乡的同窗,正身居一城党政要职。父亲要去谒见,想那深宅大院的府地,想那花木繁荫的官邸,进进出出者皆是有汽车可乘之人,自己也必须乘车前行。因为乘车本身就是一种身分的显示与标志,有了这种显示与标志,你方可能从从容容鱼贯而入;否则,人家会拒你于府门之外,一切将无从说起。

乘车没有车,可以去包车。然而从我家住地(虎坊桥)到那座官邸府地(什刹海)不下三十余华里,其包车费也是个不小的数字。"包一趟,够孩子卖报卖一个月的。"父亲对母亲这样说,双双凄凄然。三天过去了,愁眉不展的双亲终于商量出一个好主意:走,走着去,临近那官邸再包车。

记得那是盛夏的一日,喜形于色的父亲,穿起浅黄色绸布长衫,一手提着包裹,一手拿着折扇,在屋中踱了几个来回之后,不无酸楚地上了路……父亲是行至哪个路口才恰到好处包车的,是如何堂而皇之地驶入的,他叙述得明明白白,可惜由于时间久远被我淡忘了。然而他那颇有几分轻松而又有几分自悦的神情,至今鲜活在我的浮想中。他既强了身,健了体,又省了钱。他对母亲有几分斯文地说:"这叫一石二鸟。"转过身来又对我解释说:"一石二鸟就是一举两得。"

如今先父长眠三十年耳,如果在天有灵的话,得知他那苍凉一生的儿子,也和当年的他一样,一石二鸟一举两得,定会笑的。

文章写到此应当画上一个结结实实的句号。但依旧有话耿耿于怀,不得不向读者说白:先父那次包车之行,没有达到预期的目的,却造成他一生不可弥补的缺憾。使他在解放后受到一次又一次的审查与批判,从而造成了常人难以想象难以承受的磨难。想到此,自家今日"打的"不会再有后顾之忧,不会再有株连之苦,乐哉!

选自《散文》1999年第5期

卢浮宫前金字塔
——《晴雪随笔》之二

卫建民

你去卢浮宫参观，看到的第一件艺术品是什么？你一定回答：是按指示箭头看到的胜利女神、蒙娜丽莎，还有米洛的维纳斯。我要告诉你：卢浮宫的第一件艺术品，是马蹄形拿破仑庭院的金字塔。它的设计者，就是举世闻名的美籍华人建筑师贝聿铭先生。

80年代初，密特朗当选法国总统，执意要修复改造仍停留在拿破仑三世时代设施的卢浮宫，以便更有效地保护无可估价的艺术品，适应旅游业的发展。更重要的，密特朗要在他的总统任期内留下一个纪念碑式的建筑，让后世的人对过去的时代回首仰望。在欧洲，在法国，人们对历史的记忆是从建筑开始，并以式样各异的建筑为历史分期的。任何一位现代社会的总统任期都有限，如能在有限的权力宝座上筹划一座纪念碑式的建筑，或许就像凡尔赛宫上的铭言一样，成为“法兰西的光荣”。

1981年末，密特朗在爱丽舍宫会见了贝聿铭。法国总统亲自会见一位来自美国的设计师，说明总统用人不疑，已决定请贝聿铭担任卢浮宫修复的设计师。贝聿铭大概也知道自己的名望和身价，明白向密特朗表示他不愿参加竞争和投标；另外，给他四个月时间来思考设计方案。当年担任法国文化部长的雅克·兰对外界说，贝聿铭生在中国，学于美国，综合了两个国家的精华。言外之意是，总统聘请到了最佳设计师。

从爱丽舍宫出来，贝聿铭就住在卢浮宫附近的一家酒店里，像一位三军统帅视察战场，每天在塞纳河畔、卢浮宫周围散步，在法兰西十一个国王居住过的区域寻找一个点，酝酿他胸中蓝图的核心在何处安放，何处萌芽生长。贝说："我是用母语——中文来思考的。"灿烂辉煌的中国历史文化如何助成他的设计方案？我亲自到了卢浮宫才恍然大悟。

是一个晚秋，巴黎的天空飘浮着灰白的云团。我刚进入马蹄形庭院的开口处，就看到了贝聿铭的金字塔。像一枚亮晶晶的庞大蝉蜕，金字塔"坐化"拿破仑庭院，"山在虚无缥缈间"。我立即明白，金字塔是一个由庭院映带抱持的中心圆点；通往两翼，这是必经之地。神奇的是，无色玻璃支起的水晶塔没有实体建筑物的沉重感、压迫感。它是塔，却轻快明丽。设计者的艺术手法是从功能性着眼，只让游客看到一个似有似无的塔影——不能绕开的塔影，从此步入洞天，开始饱览千万件绝无仅有的艺术珍品。设计者把他的骄傲和征服的权力隐藏在"高明配天"的境界，无为而无不为，完全是中国艺术家的思维方式。在塔下的售票处、纪念品销售处，看两翼的扶梯缓缓滚动，游人有序分流，再仰望巨大的玻璃顶棚，我就想起艺术创作中虚与实的关系。金字塔首要考虑的是，它是建在代表凝聚了一部法国历史的卢浮宫，决不能喧宾夺主，抹去卢浮宫的辉煌光斑，成为一座霸气冲天的新建筑。在这里，建筑材料的选择至关重要。贝聿铭选用了无色、坚牢的玻璃，并受同行富勒"多面体穹窿"的启发，793块玻璃悬挂在柔软的"蜘蛛网"上；坐在塔底观天，流云在玻璃上移动，金字塔仍是一个“飞白”。在庭院支起一个塔，本来就是为卢浮宫扩大实用空间，把功能性部分掩盖起来，但它又受制于卢浮宫的历史文化内涵，只能在虚中求实，实中出虚。欣赏贝聿铭在卢浮宫的大手笔，我脑子里涌现出了“只在此山中，云深不知处”，“草色遥看近却无”这样一些代表中国美学思想的诗句。贝先生说他是用中文思考设计方案，我说，也得用中国的历史文化作背景来欣赏，你才能看得懂金字塔这个文化符号的意义。

从1981年底在爱丽舍宫受命，到1988年春天竣工，贝聿铭的金字塔用了七年时间才建成。在此期间，他的设计方案受到了法国在野党和许多巴黎人的反对。几乎所有的传播媒介都在攻击未来的金字塔，认为把埃及法老的坟墓搬在卢浮宫不伦不类。“众人纷纷何足竞，是非吾喜非吾病”。贝先生想起王安石的诗，露出了优雅高贵的微笑。金字塔升起以后，攻击贝聿铭最凶的《费加罗报》却在塔下庆祝其杂志增刊创办十周年，并在头版发布新闻：“不管怎么说，金字塔非常美丽。”在法国所有重要建筑物的筹建过程中，金字塔是唯一没经过投标竞争程序而直接授予一位美籍华人设计师。密特朗总统运用了他的权力；民众行使了自由表达的权利：贝聿铭也反复解释他的构想，最终仍按总统的决定行动。金字塔成了卢浮宫的第一件艺术品，一切争论都销声匿迹，塞纳河仍在流淌，世界各地的游人从全字塔下涌入卢浮宫……

金字塔本来是沉重的石头；金字塔变成了明快的玻璃。它那永恒的几何结构，象征着人类的智慧和文明。

选自《散文》1999年第5期

洪水笔记

刘　歌

发生在一九九八年的洪水，将是世纪末中国历史上留下痕迹并有可能影响历史的洪水。

洪水让今天的人想见禹、想见长发披散竟自与洪水夺路的先民，以及“底事昆仑倾砥柱，九地黄流乱注”的奇诡诗句。往事只堪哀：与洪水有关的故事一直是大地上最令人惊心动魄的故事。

很可能从洪水得到启发，产生了龙的形象。

我们不可能仇恨一条河流。

哪怕这条无情的河流吞没了我们的家园，生命，一切，将我们艰难积累的财富和欢乐席卷一空。

在没有洪水的时候它明净、安详，经营着生活欣欣向荣的后院，有如我们德高望重的母亲。

我们的文明与她紧连在一起。由她而生的文化灿若星河照彻天地，始终是一个古老民族不竭的力量和信心。是它给我们以面对世界的光彩脸面。

夜，太恐怖了，空气紧张到凝固不动，像爆炸前夕。

音乐低伏，诗歌失色。千百万人，千百万只手电筒的光芒，在大地上勾勒出了龙的轮廓，只有龙一样的大江从中间急急穿过，像是奔赴一次最后的约会。

谁在呼救？她的声音子弹一样穿透了中国的心灵。是那个年仅七岁、在洪水中坚持了九个小时的女童吗？

哪里的白发老人在被迫放弃自己的家园时掉泪！

有多少个家庭在破碎、流血，还将有多少个家庭面临威胁？

许多物种灭绝，更多的生物在濒临灭绝的悲惨境遇中挣扎。人类砍伐了赖以生存的森林，用钢筋水泥封闭了更多的土地，并为此找到了永恒的理由：为了生活。向大海倾倒废物，向天空排放废气，奴役动物，剔它们的骨，食它们的肉，拿它们的皮毛制成高级衣服以为荣耀。大自然一天天变得焦躁，失去了耐心，直到有一天从地狱里放出干旱的火焰，另一天又从高原放出笼养的洪水。

山风在忧愤中拍打着山谷空洞的腹腔，草木寂然轮回在自己命运的道路，大自然的语言写满了天上地下，亮如闪电响如宏钟，但人类的耳朵向上眼睛向下，只看见灯红酒绿。

如果不是加以灾难，人永远无法真正认识自己。

在大自然面前，人类只是一层微尘，在物质的历史中，人类文明更如电光石火。人可能聪明，造出了汽车、电脑、多媒体、互联网，克隆出小羊多利，将航天器送上太空，成功地登上月球，对火星进行探测，对自己的命运和宇宙的由来进行思考，但正如那几个摸象的盲人，人类只能接近真理，有时很可能误将谬误当成真理。

因此我拒绝使用战胜这样的字眼，即使洪水开始回落，平原和城市得到保护。宏大有力不可思议的自然最终不可能被战胜。与其说挑战自然战胜自然，不如说我们准备用上帝也感到震惊的悲壮努力感动自然更为恰当。

除了遥望洪水方向暗暗祈祷，我们远在安全地带的人还能做些什么？

我们说：从今将不再随便砍伐一棵树，不再仅仅为了满足口腹之欲而过度地开垦土地。不让过多的沙土随水而下，因为它们会淤积起来，使一条本来安详的河流成为悬河。

我们将疏通河湖，使它保持足够的空间，收起贪欲，为洪水清扫道路，而不是将它重重围困。洪水的意志高过古代中国皇帝的意志。我们将注意到气温的缓慢升高，正是它，使空气格外潮湿，带来更多的降雨，使高原的积雪加速溶化，带来海平面上升。

将用真诚的爱回报江河；将最大限度地限制自己的愚蠢，不再通过损害自然最终损害自己，只要不是太迟。

当东北的嫩江水位急剧上涨，被洪水浸泡五十余天的长江大堤和沿岸几百万军民，为迎战第六次洪峰，进入了又一个漆黑的夜晚。

狂风骤起；当城市进入梦乡，战士们情急之中手挽手跳进了滔滔洪水，用胸膛挡住了滔天大浪——上帝作证：这些最普通最朴素无华的士兵，无论社会发生了多么大的变化，他们仍然是天底下最可爱的人。

国家主席江泽民在万忙之中走上荆江大堤。

江上的大风吹动了这位老人的头发。在洪水的宏大背景下，他拿着话筒，用尽力气，一字一字说出了中国的意志。看得见他眼中的焦灼。在国家和人民利益面临巨大威胁时候一位最高级官员肩上所担责任之重，令懦夫胆寒。

"我们万众一心！"多么好的话。在如此大的灾难面前，人们才又一次想起了共同的根，连着的血脉，更紧地团结。再没有比灾难更好更有效的凝聚剂。

历史将记住这些朴实无华而又不平常的日日夜夜。

那些在黄浊的水沫里飞奔的极度疲劳的身影，那组成人墙以减轻洪水力量的胸膛，许多催人泪下的真实故事，将像精彩的战争故事一样传遍全国，在中国人民心中烙下深刻的印痕。

选自《散文》1999 年第 6 期

苏舜钦与沧浪亭

王知十

初冬，应友人之邀，我有幸在苏州小住。也许是一种偶然的机遇，我的住处正好与著名景点“沧浪亭”为邻，这样我就成了游访“沧浪亭”的常客。

“沧浪亭”的创建人，是宋朝的大文学家苏舜钦。苏舜钦祖籍四川中江县，生于河南开封。苏舜钦少年时即有大志，27岁中进士，后任县令，集贤院校理（皇帝的文学侍从）。苏舜钦才华横溢，正直坦荡，因触犯了权贵，被削职为民。从此，苏舜钦便开始了他人生之旅的浪迹、漂泊生活。漂游了很久，他终于到达了人生之旅的最后一个驿站——苏州。苏舜钦到了苏州后，在友人帮助下，以四万钱购得了原五代时广陵王近戚、中吴军节度使孙承佑的池馆旧址。苏舜钦便利用自然山水，自己筹划设计，营建了一个可居、可游、可观、可赏的隐居之地。

其实，隐居生活也并不能完全消除和排遣他被贬之后郁结在心中的块垒。每当他漫步在自己营造的山水园林中之时，便有感于屈原在《楚辞·渔夫》中发出的感慨：“沧浪之水清兮，可濯吾缨；沧浪之水浊兮，可濯吾足！”正是自己所企盼的一种精神境界。于是，苏舜钦便下定决心，忘却功名，自娱于青山绿水之间，开始了他超然于世的隐居生活。随后，又在自己园林中的石山之巅，建造了一个独具风韵的亭子，并取名为“沧浪亭”。这便是苏州“沧浪亭”园林的由来。以建筑年代久远论，“沧浪亭”在苏州诸园林中，应居首位。

苏舜钦借屈原的《楚辞·渔夫》生发的感慨而建园林，并命名为“沧浪亭”，而在他胸中萌发的情愫，却不同于屈原。屈原在吟唱了《楚辞·渔夫》之后，选择了自沉于汨罗江以全其志，其大义凛然，视死如归，悲壮高洁的气概，真是泣鬼神，惊天地，一直为后人所崇敬和称赞！而苏舜钦则别于屈原，竭力追求一种超脱尘世，忘却功名利禄，回归自然，自娱于山林碧水之间，做一个大彻大悟的智者。这何尝不是人生旅途中失意者的一种选择？正如苏舜钦在《沧浪静吟》中所吟唱的：

独绕虚亭步石矼，静中情味世无双。
山蝉带响穿疏户，野蔓盘青入破窗。
二子逢时犹饿死，三闾遭逐便沉江。
我会饱食高眠外，唯恨醇醪不满缸。

不难看出，这首《沧浪静吟》正是苏舜钦心态的写照。他不仅自吟自嘲自娱，还把自己超脱尘世的选择与屈原的选择相对照：“三闾遭逐便沉江”，而我苏舜钦却“唯恨醇醪不满缸”。这种超脱、坦荡、飘逸、大彻大悟的胸襟，是多么令人羡慕啊！也许正因为苏舜钦有这样博大的胸襟，在政治上，他虽然是一个失败者，被贬者；而在文学上他却是一个成功者，并在宋代的文坛上确立了自己不可动摇的地位。由此，人们也可以悟到：在人生之旅的漫漫长途中，一个人的功成名就，总是要受当时的历史条件所制约的，或成功，或失败，或名垂千古，或一事无成，或轰轰烈烈，或默默无闻，都与每个人所处的历史时代、境遇以及个人的知识、才能、人际关系有着直接牵连，任何人都不可能超越他所处的那个历史时代。这也许正是历史唯物主义所规范的，任何人概莫能外。

当我登上筑于山林掩映中的“沧浪亭”时，精神为之一振，顿感视野开阔明亮起来。放眼望去，山下竹篁起舞，碧潭流玉，园外绿水萦绕，鸭群戏水，好一派田园风光。亭额上的“沧浪亭”三个字，为晚清著名学者俞樾（俞樾是我国著名的文学大师、红学专家俞平伯的曾祖父）所书。“沧浪亭”石柱上镌刻的对联，也是俞樾书写。这一幅为苏州人家喻户晓的对联是：

清风明月本无价

近水远山皆有情

上联出自欧阳修的《沧浪亭》诗：“清风明月本无价，可惜只卖四万钱。”（指苏舜钦购地花了四万钱）。下联出自苏舜钦的《过苏州》诗：“绿杨白鹭俱自得，近水远山皆有情。”清嘉庆年间，江苏巡抚梁章钜，将欧阳修和苏舜钦的两首诗，信手拈来，集此妙联。

历代吟咏“沧浪亭”诗文很多，描写“沧浪亭”的散文、小说也不少。其中最著名的当属清代沈三白的《浮生六记》，这是一部与曹雪芹的《红楼梦》同时著名的小说。《红楼梦》中有苏州拙政园的影子，《浮生六记》中则有“沧浪亭”的实景。直到今天，每当风清月明之夜，苏州人还经常到“沧浪亭”，去领略沈三白所描绘的“沧浪亭”美丽的夜景。

苏舜钦隐居“沧浪亭”，千百年来一直为人们传为佳话，他不仅开创了“文人写意的山水园林”，还为后人创造了一个远离尘世，娱悦身心的场所，给后人留下了一笔无价的精神财富。在“沧浪亭”的“五百名贤祠”内，苏舜钦的大名赫然醒目，苏舜钦作为宋代圣贤人物，与司马光、欧阳修、范仲淹、苏轼、文天祥、韩世忠等齐名，是当之无愧的，苏州古城人民是不会忘记他的。

选自《散文》1999年第6期

治治语言流行病

孙恒杰

前不久在老家跟外甥、侄儿闹了点小矛盾，就为说话中用的一个词。上中学的外甥要去北京，他不说“去北京”而说“从北京”，我纠正他，他还不大服气，理由是“人们都这样说”；已经是大学生的侄儿也为他帮腔，认为我有点小题大做。我则郑重地告诉他们：这事不能不较真儿。“去”和“从”是性质、意义完全不同的两个词，前者为表示动作趋向的动词，后者则是表示处所、方向的介词。二者不能混用，这是规矩。不按规矩办，语言岂不乱了套？大家说起话来彼此听不懂，还要语言干什么？侄儿和外甥嘴虽不那么硬了，却仍嘟嘟囔囔地辩解：“反正好些年轻人都这样说。”

回城以后我稍加留心，果然，从放学回家的中学生人群里，从把头发染得华丽胡哨的时髦男女口中，都听到了以“从”代“去”的活证。同时发现，类似的语言混乱现象其实远不止这一种，多是出现在年轻人身上。滥用“然后”一词便是一例。有些人不管说什么话，张口先来一通“然后”，使这个本来应当与“首先”配合使用，表达“接着某种动作或某种情况之后”意思的词，变成了毫无意义的发语词或掩盖人们思想不连贯的填充成分，岂不可叹！也有人乱用“很”和“非常”。很，非常，都是表示程度的副词，根据语法规则，它们可以修饰、限制形容词和动词，却不能用来修饰、限制名词。可是有些人异乎寻常地富于创造性，居然把它们与名词硬连在一起，搞成“很人民”、“很母亲”之类的组合形式，令人莫名其妙。还有人生造词汇，胡乱组织语句，好像存心给人们摆迷魂阵。

上述种种，多属于低级语言毛病，照理说，只要学好初中甚至小学语文课，就不至于如此。我曾就此问过一些中学生，没想到刨根问底，把一些“明星”扯了出来。有几个孩子言之凿凿，指名道姓，说某某影星、球星、电视节目主持人如何说“然后”，某某歌星如何说“从”，某某名作家、文学评论家笔下就有“很男人”“很人民”、“很文学”、“很都市”、“很外围”、“非常善意”这样的用法。这就难怪了。我们一些年轻的“星”们，思想活跃得很，喜欢标新立异，再加上（恕我直言）少了那么一点文化修养，灵性一来，说不定就造出个什么新奇物。而我们的一些媒体，“星”们打个喷嚏，它那里就是一场霏霏春雨。众多追星逐月的少男少女经这一阵阵“甘霖”的滋润，再一而十、十而百地相互感染，那景象就可想而知了。老师的耳提面命，家长的谆谆教诲，都难敌“星潮”的诱惑，这怎么说呢？

汉语丰富，优美，严谨，规范，是世界文明园林中一朵绚丽夺目的奇葩。几千年来，中华儿女世代辛勤耕耘培育了它，我们今天要振兴中华，把祖国装扮得更加美好，一时一刻也离不开它。这一祖传法宝，容不得丝毫漠视和污损。这当然不是说汉话只能因循，不可发展。时代在演进，实践在变换，汉语也必然随之发展和创新。但发展不能违背规律，创新要持科学态度。上述语言混乱现象是一种病态，应该着实地疗治、祛除。这是大事，人人有责。

选自《散文》2000年第1期

奉节翠竹

谢存礼

在我的书桌上，有一个用竹节制作的笔筒，它小巧精致，雕刻成花瓶状，筒身绘有彩色山水画，画上江水如练，近山层峦迭翠，远山朝阳喷薄。画上的题诗是"春风又绿江南岸"。每当笔耕劳累时，抬头望它一眼，疲惫顿觉缓解。

记得这只竹笔筒是1992年在四川省奉节县买的。当时只用了1元钱，竟购下了这个心爱之物。奉节，古称夔州，闻名全国的历史古迹白帝城就在这里，它踞水陆要津，扼蜀川咽喉，浩瀚东流的长江水流到白帝城下，由于利刃般的巫山山脉挡住了东流的去路，使水路变狭，形成了雄伟壮丽的三峡景观。奉节城内有刘备托孤的"永安宫"和昭烈皇后甘夫人墓遗址，城北的浣花溪畔有杜甫草堂，城的左右还有诸葛亮"水八阵"和"旱八阵"图址。李白、杜甫、白居易、刘禹锡、苏轼、黄庭坚、陆游等都曾旅居此地，给奉节留下无数脍炙人口的诗文。

奉节的翠竹可以入诗。相传唐朝著名诗人白居易自忠州易任苏州刺史，一路顺长江而下，每至一处，必有题咏，船至夔州(今奉节县)，忽闻竹林里随风飘来歌声，他深有所感，随口吟道：

江畔谁人唱竹枝，前声断咽后声迟。

怪来调苦缘词苦，多是通州司马诗。

奉节的翠竹可以入画。在白帝城的西碑林中有一个《竹叶诗碑》，作者是清光绪年间的著名诗人曾崇德。他巧妙利用汉字的特点，以竹叶为像，取冬竹不凋之意，构成了一幅诗画合一、别有韵味的图画：远看是三根竹子，婷婷玉立，近看却是一首五言诗："不谢东篁意，丹青独自名，莫嫌孤叶淡，终久不凋零。"字里行间，流露出作者高风亮节的情怀。

新建的白帝城博物馆里有一座大型雕像《巴女骑牛唱竹枝》。悠闲自得的巴蜀少女倒骑在牛背上，手握短短的竹笛，畅展嘹亮的歌喉，痴情地唱着高亢宛转的竹枝词，给人以天宽地阔、回归自然的艺术享受。这座优美的塑像取意于唐朝诗人于鹄的著名诗篇《巴女谣》。

选自《散文》2000年第4期

你还有手帕吗

刘亚丽

夏天到了，浑身上下汗津津的，就想起了手帕，满屋子乱找。是有过很多小手帕：粉红的、淡蓝的、素格子的、刺绣印花的……那么多好看的手帕，说不见就不见了，像鸟一样飞得无影无踪，问丈夫问女儿：你们还有手帕吗？一齐回答：嗨，现在都用纸巾，又方便又卫生，谁还要手帕。

手帕有什么错，竟不如一张纸巾，说不要就不要了。

许多美好的事情都和手帕有关：一个女子钟情一个男子，她多半不会直言“我爱你”，“我要嫁给你”，而是赠给对方一块绣满她秘密心事和美丽愿望的手帕。手帕的质地也多半是棉布和丝绸，合在一起传递着一种朴素、温婉、天长地久的情感；一块自己的手帕如果沾上他人的泪水，那么以后的事情将会因此而变化。我们常在电影或小说中看到这样的情节：两个关系正常的善男信女，如果男子有机会掏出自己的手帕替这个女子揩去泪水，那么以后他们俩的关系肯定发生一些微妙的变化。小时候我一个很要好的朋友，因一件小事跟我闹翻了脸。有天她主动与我和好，我赌气不理她，她突然掩面哭了起来，泪水从指缝间滴落下来，我不为所动，只是礼节性地把我的一块手帕递了过去。她把手帕抖落开来，擦拭着眼泪，又将手帕折叠成小方块，继续擦拭着眼泪，看着我的花手帕被她的泪水浸润得湿淋淋的，我再也支撑不住了，跑过去握住了她的手。

至今在箱底珍藏着两块旧手帕，那是姐姐和母亲生前的随身携带物。“文革”中，十岁的姐姐死于一场被耽搁的疾病。十几年后，母亲又在一次意外的车祸中英年早逝。两个世界上最亲的亲人离我远去，她们留给我唯一的念物就是两块旧手帕。棉质的手帕已被她们生前用得异常单薄，隐约可见的花色上面布满了她们最细微最真实的痕迹。想念她们的时候，我就从箱底拿出手帕，抖落开来，母亲和姐姐就从看不见的远处走近来，带着她们永不消逝的气息、体温、话语和我安静地待上一会儿。我把手帕捧在手掌心，我掂出了她们各自灵魂的重量，原来一个人灵魂的重量就是她自己手帕的重量。

手帕曾经是世界上最浪漫最实惠的物品。我们用手帕传递爱意表达友情；用手帕遮风挡雨、驱寒御冷。小时候放学回家的路上，突然刮起了风下起了雨，小伙伴们纷纷掏出手帕，顶在头上，远远看去，半空中飘舞那么多五颜六色的花手帕，宛如天女散花般好看。在学校得了五好学生、劳动模范，奖品顶好是一支圆珠笔或一块小手帕。我十三岁时父亲从西安开会回来，带给我唯一的礼物也是一块别致的花手帕：天蓝的底色上，印有嫦娥怀抱玉兔，裙裾飘飘，水袖长舞奔向月宫的图案，那是我众多花手帕中最好看的一块儿。

从何时起，人们告别了手帕迎来了方便快捷的纸巾时代。一切都变成了一次性消费，一切的一切就像垃圾一样不值得回味、留恋。动情动心的眼泪越来越流不出来了，有的只是情欲刺激出来的眼泪和洋葱、青椒刺激出来的眼泪没什么两样儿，是那种擦一把就随手扔掉的眼泪；友情的眼泪也哭干了，充盈在人眼眶中的是利用、利益和利害冲突。那个绵长、朴素，经久不衰的时代随着手帕一同消逝了。

你还有手帕吗，问这话讨人嫌，不再问了。

选自《散文》2000 年第 4 期

喝　茶

魏得胜

我的喝茶，单重一个"喝"字。虽偶也来点"泡一杯浅绿，泡一杯散淡，泡一杯悠闲"的句子，然落到实处，还是那个字——喝。《红楼梦》里的妙玉，一说起茶事，那张小嘴就刻薄得要命，她说："一杯为品，二杯即是解渴的蠢物，三杯便是饮驴了。"梁实秋先生总结得好："茶是我们中国人的饮料。……北人早起，路上相逢，辄问讯'喝茶未？'茶是开门七件事之一，乃人生必须品"(《雅舍菁华》)。梁先生尚且称许，饮驴就饮驴。

茶当饮料，今人尤甚，可谓杯不离手，茶不离口，有空饮，逮空饮，偷空饮，总在饮。如此饮，好茶，亦喝之无味了。鲁迅先生有《喝茶》说，静坐无为的时候，喝好茶是为好茶，"当我正写着《吃教》的中途，拉来一喝，那好味道竟又不知不觉地滑过去，像喝着粗茶淡饭一样了。"到贾平凹写《品茶》时，已是莺歌燕舞的时代，照说，这品茶，怎么也品得出个一二来了。然他去乡村访友，友泡龙井茶以待，事先并没说破。喝了半天，友问茶怎样，大家说："一般。""无味。"友说，那是龙井茶！皆说："没有喝出特别的味儿来。"喝茶，喝的是个心境，不服不行。

怎个喝法，才叫有心境呢？周作人说："喝茶当于瓦屋纸窗下，清泉绿茶，用素雅的陶瓷茶具，同二三人共饮，得半日之闲，可抵十年的陈梦(《周作人文选》)。本世纪40年代，黄裳先生在重庆一个叫"凤凰楼的"的茶馆里,曾一坐就是一两个钟头。何故?乃因此处能得瓦屋纸窗之雅趣,茶馆"里边还有一个套阁,小小的,卷起竹帘就可以远望对江的风物,看那江真像一条带子。尤其是在烟雨迷离的时候,白雾横江,远山也都看不清楚了"(《过去的足迹》)。台湾作家殷颖也说:"当我据案写读的时候,我总喜欢摆一杯浓浓的苦茗在旁边,淡饮浅尝。有时我不读也不写,手中捏着茶杯,放眼窗外,去欣赏这本书以外的景物"(《寂寞的人坐着看花》)。凡此种种,虽半日之得,非心闲而不能。

喝茶不独为心境,且有崇为时尚的。如三四十年代的昆明,茶馆就洋派得很。在文林街的一个茶馆里,"墙上的镜框里装的是美国电影明星的照片,蓓蒂·黛维丝、奥丽薇·德·哈弗兰、克拉克·盖博、泰伦宝华……除了卖茶,还卖咖啡、可可。这家的特点是:进进出出的除了穿西服和麂皮夹克的比较有钱的男同学外,还有把头发卷成一根一根香肠似的女同学。有时到了星期六,还开舞会。茶馆的门关了,从里面传出《蓝色多瑙河》和《风流寡妇》舞曲,里面正在'蹦嚓嚓'"(《汪曾祺文集》)。但不知,是时尚赋茶以新意,还是喝茶的人让茶时尚起来。反正,时尚不会让茶老去的。

现在的喝茶,分两极,一极乃民间遗老,他们大都囊中羞涩,也就不必讲究,茶馆陈设,比三四十年代好不到哪里去。此一阶层,自带茶杯,茶馆供茶供座,是以聊度晚年。另一极是白领一族,茶楼弄得跟酒吧一样新潮。这样的茶楼,也不光白领去,那些衣食无愁的大男大女,为追求消费时尚,到茶楼里打打牌,侃侃大山,不亦乐乎。到这种地方喝茶的人,当符合妙玉的喝茶理论——品,决不致堕落为饮驴。茶资之昂贵、也由不得你驴饮。不过也有例外。有一次，我与友在茶楼喝茶，见两个中学生，进来就要了两杯龙井茶，因是夏日，那茶不冷不热正好，俩学生举杯，一饮而尽！饮毕，扬长而去。见状，我想起周作人的话来："中国人上茶馆去，左一碗右一碗地喝了半天，好像是刚从沙漠里回来的样子。"这俩学生，仿佛就是那沙漠中的匆匆过客，全然一副大事在身的样子。对于他们，喝茶——惟牛饮而后快！

选自《散文》2000 年第 5 期

西藏笔记

李汉荣

夜幕里的布达拉宫

一些灯熄灭了，一些灯仍燃着，夜幕里的布达拉宫是一座光的城堡。

它的建筑呈台阶式一层层上升，它的光也是一层层上升。而黑暗是垂直地倾泻下来，在命运的高处积压着太多太多的黑，几乎所有的空间，哪怕是一片草叶的内部，都被黑暗做了库房。

所以它的建筑呈台阶式一层层上升，它的光也是一层层上升，要把垂直压下来的黑暗顶住、顶住。

在它的四周，群山披着雪冠，高举着银白的灯盏，烛照头顶幽暗的天空。死亡和虚无的黑色，被阻止了。在白雪固执的挑战面前，伸手不见五指的长夜，从来没有在这里真正降临。这里的夜晚，很像是假寐的白昼，而这里的白昼，是真正的白昼，是被天光、雪光、心光照得透明的白昼。

在这样的背景里，布达拉宫并不孤独。它只是加入了祈祷的行列——在它之前，群山一直都在向天空攀援和祈祷，无数亿年的积雪，写就了对光的炽热颂词。

一阵冷风吹来，我拢了拢身上的风衣。这时候，我看见有一个房间的灯亮了，我猜想灯下的人是谁？是诵经的喇嘛？是沉思的智者？当他推开窗子，他是否看见，失眠的宇宙一直在窗外望着他?

抬起头来我看见,那盏刚刚燃亮的灯,正好对应着天上的天琴星座。

我似乎听见,天上地上都演奏着光的琴音。无边的夜微微颤栗,荡漾着一条温暖的光的河流。

夜幕里的布达拉宫是一座光的城堡,对抗着长夜……

苍 鹰

此刻,海拔一万米的天空上,它是唯一跳动的心脏。它俯视着地面,但绝不蔑视地面,它使地面有了仰望的方向。在本来就很高的地方仰望更高处的事物,这是对眼睛的最好训练。当我仰望鹰的时候,鹰背上悬浮的无限天空,大剂量的蔚蓝,都向我敞开的灵魂倾注。我把眼睛从天空收回来,我发现我的目光是蔚蓝色的,我看身边的女友是蔚蓝色的,脚下的石头是蔚蓝色的,远处的坟墓是蔚蓝色的,我的心是蔚蓝色的。就这样,看鹰的时刻,天空改变了我的眼睛。

我看见鹰俯冲着,与寒冷的气流激烈地摩擦,我好像看见了鹰翅上的闪电。做一只鹰多么不容易!做一只平原上的麻雀都有灭绝的危险,何况做一只高原上的鹰。我不由得担心起来,在这茫茫雪原,鹰,在何处寻找晚餐?

鹰开始平缓地飞行,像天空上散步的绅士。鹰出现之前,天空是静止的,高原是静止的,时间是静止的。现在我看见,是鹰带动着整个天空飞行,高原以及我心中的历史都动起来,向无穷飞去。

但我对鹰仍然是无知的。此刻,这天空的独行者,是饥饿?寒冷?是充满对命运的敬畏?还是燃烧着嗜血的冲动?

高原湖光

湖水如此明净，是我今生未曾见过的明净。当我走向它时，我有些犹疑，犹疑使我放慢了脚步，我觉得我自己太不干净太浑浊，我不配面对它。这就如同一个饱经人世风尘的男人，如果他灵魂未曾泯灭，他就不会毫无顾忌地走向一个纯真少女，用他那沾满尘垢的手，捧起那颗清纯的心。我走向这个净湖，就有一种亵渎神圣之物的罪感。我因此走得很慢。我努力让自己的心静下来，让头顶广阔的晴空投进内心，把在狭隘的生存空间里积压的尘埃挤出去，让更多的蔚蓝走进来。接近圣湖的过程，就是打扫心灵的过程。由此我想，我们生活的路途中，应该经常出现一些圣湖，这样，我们随时都有一面镜子，把幽暗的心照亮，而不是随着路途的延伸，心里的尘垢越来越厚，越来越暗。

我这样沉思着，心就渐渐蓝起来。当我抬起头一看，我的眼前是一片蓝色的湖光。

蓝色，蓝色，除了蓝色，还是蓝色。如同一个肉体和灵魂都光艳照人的美人，她除了美，还是美。

但我还是看出了湖光的层次。靠近湖边的地方是浅色的蓝，颜色越来越深，湖蓝、天蓝、深蓝、黑蓝。明朗的天光大剂量地倾泻下来，强光把不同层次的蓝统一成似乎同一种蓝：湛蓝。这是水高度净化后的颜色，人的灵魂被信仰和爱净化之后，也一定是这种颜色。

远处高耸的雪峰的倒影映照在湖水里，湖蓝和雪白相互照耀，更使两种颜色都达到了极致。偶尔飞过一只鹰，它划开天空的同时也划开湖水，而天空和湖水又很快合拢，只是比先前更为静谧。

到了夜晚，高原上空的星群密集得像要往下坠落，好像举行神圣的婚礼，使人怀疑天上在每一个夜晚都有盛大的节日。这么多的灯盏浪费了多少亿年的工夫，浪费了上帝的多少手艺？无需仰望，就坐在湖边俯视水面吧，天上有多少宝石，湖中就有多少宝石；心中有多少想象，湖中就有多少幻象。就坐在湖边望下去，望地老天荒，把许多石头望成灰，把宇宙万象，望成不朽的蓝。

忽然觉得有些冷。在冷的地方，冷的高处，才有这样动人的蓝。人，需要把自己放在高寒地带，解毒、冰镇、净化，灵魂才会发出天蓝色和湖蓝色。

在恒温地带里，何曾见过这样动人的蓝色？湖光注入我敞开的灵魂，我的身体里，渐渐亮起一座澄明的高原……

天葬台落日

高原上，天空辽阔而亲切，天空就在脸旁边，在手旁边，在心灵旁边。一个人在高原上行走，天空既是他的召唤者、庇护者，天空也是他的同伴。他行走，天空也行走，随着他移动的身影，天空也向远方倾斜；当他停下来，天空就寂然不动，静止在他的脸上、手上、心上。

只有在高原上，在辽阔的天空下，才会产生对生命与死亡的透彻理解。生也许是狭窄的，肉体被囚禁在生存的栅栏里，生命被囚禁在文化的栅栏里。是的，生也许是狭窄的，而死，却可以十分辽阔。生也许是暂时的，而死，却可以无穷无尽，无穷无尽的死又预示着无穷无尽的生。生也许是不洁的，甚至是污秽的，而死可以是纯洁的，甚至可以是崇高的，，纯洁崇高的死的境界照亮了生，启示着和提升着生。

只有在高原上，在天光、雪光照耀着的领域，才有这惊世骇俗的天葬台，才有这惊世骇俗的葬礼。

在大地上行走过了，生活过了，然后就要走了。临行时再一次凝望天空——这一言不发的永恒的注视者，你早把一切都看得清清楚楚，你将审阅一切收纳一切。

把受自万物的都还给万物，全都交出去。

把得自命运的都还给命运，我们曾因了自己的命运，耽误了万物的命运；曾因了加固自己小小的城堡，而动摇了山的根茎和微弱的花的根须。向命运感恩，向被伤害的万物感恩，接受我吧，高处的云朵和低处的草根。我一点点离开我自己，我消失，我由大地进入云层，进入雷电和雪雨，进入牛的嘴唇和鹿的眼睛，进入无边无际的命运。

就这样，鹰，一点点把我交给天空。

落日血红，那是我永不熄灭的灵魂……

远眺珠峰

远远地我望它，我感到它也在望我。它雪白的头颅，静静地靠在天空蔚蓝的胸膛上。我觉得它有些疲倦，总是站在高处，站在令人眩晕的海拔里，即使是盘古，也会有动摇的时候。我不以为它是没有知觉的一堆石头和雪，我觉得它是一个向往崇高和纯洁并且具备了崇高和纯洁品质的生命。我崇拜它的伟岸，崇拜它扎根大地深处而又向无限领域突进的深广情怀和高迈品格，但是我也同情它，我觉得它有些疲倦，我还觉得它也许有过坚持不下去的动摇。

一个生命站立起来是不容易的，站在高寒处更是不容易的。严寒、风暴、雷电、陨石，是它必须接待的常客；雪崩、山体滑坡、泥石流，是它内心里经常发生的事件。谁都留恋温暖和平，这没有错，这是脆弱的生命应有的祈求，但是在一个旋转的、激烈碰撞着的、被无常命运主宰的暴力的宇宙里，总是还有一些伟大的心灵，承担宇宙和命运的重压，在对无尽苦难的反抗中获得灵魂的幸福。只有当命运的陨石沉重地砸向平静的月球，我们才看见月面上美丽的环形山，灾难的遗址，常常是我们的美感源泉。珠峰也是这样，它是这个世界的屋顶，它的建筑材料和装饰材料，不是别的，只是数不清的苦难。

我这样想着珠峰的时候，珠峰在我的思想之外，不知道又发生了几次雪崩，雷电的拳头，不知又砸向它的哪一处伤口。

多少年多少年，珠峰就是这样坚持着，站着，站在自己的命运里。要不是它一直这样站着，我今天到这里来，还能看见什么？从它，我看见了在我们日常的平庸视线之外，还有如此超拔的事物，在离天空最近的地方，一座山把自己站成了奇迹。

可是我这番话如果传到珠峰耳朵里，它会怎么回答？它一定会说：我只是一座山而已，我只是坚持了一座山的命运，如果我不这样站着，那我该怎样站着？

在望远镜里，我看见珠峰的右侧有几个移动的黑点，那可能是登山者，他们通过征服一座山征服自己。

我忽然觉得珠峰是一根燃烧着的白色蜡烛，宇宙是一座永恒的古庙，烛光燃烧着，祭奠无穷的死去的时间，祈祷着无尽的尚未降临的时间。

那些登山者，只是去拨亮一下烛火；我们都在以各自的方式拨亮烛火，有时就有意或无意地掐灭或弄暗了烛火。

这或许只是我的一个想象，珠峰在我的想象之外站着，它站在人类的时间之外。

我放下望远镜，我用心灵注视远方的珠峰。在它的眼里，我或许只是一片偶尔飘过的雪花。那么，在融化之前，与这永恒的崇高者交换一瞥目光，我也算没有白活。

我看见珠峰一直在凝视我……

阿里羊群

天上的云想变成地上的羊，地上的羊想变成天上的云，它们都想变成对方。

但是它们都无法改变自己被风追赶的命运。

在寒冷的雪原，连石头也会冻裂，是这些辛苦的生灵，仍在搜集零星的热量。一眼望过去，只有白茫茫的雪和黑的石头，它们咀嚼着什么？用什么维持了高原的体温，喂养了它们虔诚的呼唤？

在似乎难以生长的地方仍然生长，在很容易绝望的地方仍然怀着希望，我惊讶，神的意志竟体现在这卑微的生命身上。我不再接受死亡对我的威吓，即使死亡最终要收割我，我仍然赶在死亡之前，从容地与雪说话，与石头说话，与零零星星的草叶说话。或许我必将向永恒示弱，但在青草撩拨我的嘴唇和记忆的时候，我仍然要大口咀嚼属于我的，这万古一遇的一点点幸福。可怜吗？或许是吧，但在荒凉的宇宙里，幸福本来就是稀罕之物，有这么一点点，就很不错了。

我这样想的时候，身边的羊"咩咩"了三声，大概表示同意我的看法。于是我看着羊，羊看着我，都觉得对方是另一个自己。这时雪更大了，白茫茫的雪里，行走着高原的体温……

选自《散文》2000年第12期

周　庄

——世俗文化的启示

徐卓人

“周庄的商业气息太浓了！”听见一些游过周庄的人这么说，似乎尽兴之后还带着一种遗憾。我觉得，这是把周庄理解错了，当成了桃花源。不过我听到这样的感叹倒是欣慰，因为我从受众者那里看到了世俗文化的力量。

周庄从来不是桃花源，“商业气息”是说对了，周庄从来是个商业繁华的集镇，可以说，没有商业，就没有周庄，与今天许多享誉中外的名镇、名城一样。

雏形的周庄与村落相差无几，到了1127年金十二相公跟随宋高宗南渡，落泊到这里时，人烟才逐渐稠密。后来来了个颇有传奇色彩的江南富豪沈万三的父亲沈祐，那还是在元朝中叶，沈家因为经商逐步发迹，带动了南北市河两岸的商业，形成了以南北市河为主的旧集镇，及至明清时期，镇廓扩大，人气更旺，南、北、西河道两侧渐成列肆，江南大镇形成矣。

不能否认巨商沈万三的作用。沈万三堪称是个有经济头脑又思想开放的商人，周庄天然而原本闭塞的水道在他的眼光里都变成了致富的途径，利用白蚬江西接京杭大运河、东北接浏河的优势，干起了出海贸易的大事来，他这一干，不仅使自己富甲天下，竟将周庄变成了一个粮食、丝绸等手工业品的集散地和交易中心，促使周庄的手工业和商业迅猛发展起来，周庄的丝绸、刺绣、竹器、脚炉还有白酒原本都是“藏在深闺人未识”,从此就这样沿着古河道风风火火地出海去了。商事的频繁又呼唤出大量的旅社、客店、饭庄,周庄焉能不繁华?

写到这里,我忽然想起了山西平遥,这里有票号“日升昌”,作家余秋雨把它称做“中国人地上各式银行的‘乡下祖父’”,后来这里终于成了山西财富的中心之最,从今日平遥这些苍老而森然的高墙、精雅的屋宇走过,可以想见当年这里是如何人丁兴旺,繁荣红火,无数的商人“驮载着金钱驮载着风险驮载着骄傲,驮载着九州的风俗和方言,驮载出一个南来北往经济血脉的大流畅。”他们留下了什么?是代表着中国金融发展史经典的洋洋120万字的《山西票号史》,是今天被联合国列入“世界文化遗产”的山西平遥!

还记得明清时期与徽商、晋商、闽商、粤商并驾齐驱称雄中国商坛的“东山帮“吗?今天你踏上这块吴中福地感受到最多的是什么?庭园的美丽,建筑的恢弘,历代状元的华光,总括说,是享用不完的文化。

如果再扯到苏州这座古城,这话题就更贴切也更丰富了,只消说一句:如果没有姑苏的繁华史,就没有吴文化的辉煌。

我们无法否认商业在整体文化中的重要作用,并且发现这其实是文化很重要的一个部分,也就是商业文化。周庄的前景不仅来自曾经有过的商业繁华,我发现,今天乃至将来重要的还仍然是商业文化,这是本色,也就是特色,个性。你不见,周庄所有的民居几乎与其他集镇都不同?那一排排永远保持着整齐而油亮的饰板,那一扇扇永远干净而敞亮的街窗,意味着什么?那些水巷,原本不是为了搭建在那里留给今天的旅游者看的,哪怕“船从家中过”的经典之作也只是为了买卖的方便，可以说，周庄的民居，从来不为精庐怡老，也不为金屋藏娇。这个热闹的地方，不是教人清心寡欲，而是生的乐趣，人，好世俗之乐也！

今天走过周庄每一条街，发现真的还是户户经商，家家开店呀，与当年红火的景象相比，只是换了一种形态。这于周庄，是多么妥帖！

这是一种世俗的文化，血肉的人须臾离不开世俗文化。人间的烟火总是最具亲和力，最符合生态的七情六欲，当然也是最人性的，如果这样，又何必要把周庄生硬地认作桃花源呢？

找准自己的位置真的很重要，这包括创造者和欣赏创造的人。

选自《散文》2001年第6期

流浪的二胡

陈荣力

有一个精灵，漂泊如三春之水，清冷似冬夜之月；有一个精灵，惆怅如初夏细雨，幽怨似深秋桂子；有一个精灵，它注定了永远都在流浪——二胡，江南，流浪的二胡。

蒙古包、轱辘车，风吹草低见牛羊的大草原注定了是马头琴的摇篮；红高粱、信天游，大风起兮云飞扬的黄土高坡天生就是唢呐的世界。而杨柳岸、乌篷船，小桥流水绕人家的江南则永远是二胡生生不息的磁场。一方水土养一方人，一方风情孕育着一方乐器的生长，只是我们不知那当初的当初，是江南选择了二胡，还是二胡选择了江南。这样的选择费思量，难端详。

二胡之于江南，恰如杏花春雨之于江南一般地诗意和绵长。虽然高山流水，我们只见过俞伯牙的那具焦尾琴；浔阳江边，我们也只闻见白居易的那把琵琶。虽然众多的唐诗宋词元曲明剧之中，我们很难听得二胡的那一声低泣，触到二胡的那一脉无奈，但是谁能说，倘无焦尾琴和琵琶，二胡就不会在江南寂寞地流浪呢？

六朝金粉、王谢侯府的秦淮，有太多的声色犬马，那不是二胡弦线上开放的花；三秋桂子、十里荷花的钱塘，有太浓的绮丽繁华，那也不是二胡琴弓中跳动的律。纤道、乌篷、台门、廊棚，雨巷、石桥、茶肆、谷场，这才注定了二胡流浪的行脚。本不属于墨客骚人、显贵官宦，流浪的二胡注定只是在百姓黎民、俗子凡夫中开放的花，流淌的画；流浪的二胡天生就是贩夫走卒、商贾戏子开心时的道具，潦倒间的支撑。

我真的不知道从什么时候起二胡开始在江南流浪。我只知道当如水的月色浸淫深秋桂子，稠密的细雨婆娑河边芭蕉的时候；当多情的晚风撣拂台门石桥，散漫的炊烟缭绕乡野谷场的时候，二胡的流浪便开始了。当流浪的二胡宿命地遇上了那个人，它的流浪被无端地浓缩聚集了，被无限地扩散放大了。那个叫瞎子阿炳的人，像一个巫师，二胡遇上了他，从此便再也停不下流浪的步伐。

《二泉映月》的音符如泉眼汩汩洇漫，我们知道那流浪着的该是一种无奈；《病中吟》的曲调如泪水缓缓流出，我们知道那流浪着的分明是一种悲凉；《良宵》的节拍如思念浓浓笼罩，我们知道那流浪着的更是一种彻骨的沧桑。不是二胡的流浪、音乐的流浪，那样的流浪是一个灵魂的流浪、一方土地的流浪，那样的流浪是一个时代的流浪、一个民族的流浪。

流浪的二胡总要催生众多流浪的心灵，催放众多流浪的花，瞎子阿炳便是一个极致。然而在江南，在青石小弄台门深、乌瓦粉檐廊棚长遍地市肆的江南，在春草池塘蛙鼓稠、莺雏声里碧禾浓处处乡野的江南，类似因了二胡而流浪的心灵和生命又何止阿炳呢？在我的故乡，四岁失明，自幼父母双亡的孙文明，十二岁时便从故乡的曹娥江边出发漂泊江南，颠沛流离中，他的二胡声响彻了大半个江南。《流波曲》、《四方曲》、《人静心安》使他由一个民间流浪艺人，走上了上海音乐学院民乐系讲授二胡的讲台。而流浪了一辈子的孙文明，最终还是积劳成疾地客死于异乡上海奉贤。从阿炳到孙文明，到江南市肆和乡野里众多生生灭灭的流浪的灵魂，我们伤感地承认，在江南丝竹中，二胡也许最具有悲剧性格。这种悲剧是因了二胡那注定属于流浪的本性，还是因了那太多的流浪灵魂的挥洒？

一方水土的精灵，一盈风情的血脉，器乐是一个时代一种文化的魂魄。而流浪，不只是一种悲苦和困顿、一种沧桑和无奈，更是一种忍耐和坚韧、一种奋进和抗争。它是生命另一种鲜活的姿态，这种鲜活的姿态永远都不能消解。

选自《散文》2001 年第 11 期

我们的近处，就是他们的远处

戴　学

这些流浪汉燃起炊烟的时间差不多是固定的，中午的十二点，傍晚的五点半。我想，这种固定的用膳是清瘦的胃喜欢的方式，它不存在挥霍与享受的意味。对他们而言，最靠近生活的地方是胃。而他们的栖息地则是一排废弃的平房，在春天的旷野中禁闭双唇。我居住在六楼，抬头便能看见小平房、流浪汉以及他们燃起的炊烟。

那是纯正的炊烟，现在难得见到。“炊烟”一词已积上了灰尘，你只有走进唐诗宋词，吟唱田园诗歌，才能和它相见。我们正逐步向古典的农业、诗意的乡村告别。母亲一边制造炊烟，一边又急急地到村口找孩子的场景已不再重现。

炊烟升腾起来了，在春雨的笼罩下，它变得湿湿沉沉，很难上升到高空。春天湿透天地，我常站在窗口看炊烟那矮矮墩墩的、怎么也轻盈不起来的身量。若是晴天，那排废弃平房的黄泥墙泛着温和，流浪汉们三三两两地斜躺在墙根，就如同他们曾经斜倚在路旁的石子堆上一样。他们在水沟边洗衣服，在平房右首的两棵水杉树间拉起绳子，而后把他们青色的衣衫晾在那绳子上面。

他们来自哪里，这些衣衫褴褛的人们？

他们是如何一步步沦落到这一地步的？他们走过了多少城市和乡村来到我六楼前的旷野中？

毫无疑问，他们是盲流，更多的人习惯称呼他们为“流氓无产者”。我曾在一个晚霞似火的傍晚看到过他们这一整体：背着大布囊的瘦高个，佝偻咳嗽的老男人，把孩子绑在背上的粗妇，还有怀抱木棉吉他的准艺人，他们疏疏落落的散落在各条田间小路上。他们都朝那排废弃的平房走去，那儿有他们共同的聚餐。这些流浪汉一个个走了进去，不久就升腾起了炊烟。最热闹的那天，那排废弃的平房像在过节一样。我数了数，一共有二十八个人围坐在平房前的草地上，他们热烈的交谈、开玩笑，整整一个下午的叙事和抒情。我都能听到他们的五色杂音，他们像是一大群山雀藏在茂密的枫杨树林中唱歌一样，那真是一种喜气洋洋。

第二天，我突然感觉到那排平房静悄悄的，重回废弃。他们如候鸟般一下子转移走了。

刹那间，我觉得身体在暖和起来，那是心灵逃离冰点的时刻。在这一刻，我愿意把他们当做我自己。谁鄙视他们，谁就是鄙视自己。我们有缺乏同情的力量，对任何一个流浪汉的微弱的同情都是可笑的。当上帝把我们放在赤裸的、黑暗的、蛮性的、残酷的生命状态中去时，我们才赢得了真诚、痛切与深沉，摒弃所有的温情、中庸、文弱与苍白。

命运每天都在把人推向陌生的境地，分化也是残酷的。我们这些讲究体面的人，被生活裹挟着向前走了，请停下来想想，他们是流浪汉，我们难道不是吗？

我们的近处，就是他们的远方。

当我们被推向一个孤立无援的境地时，我们的远方又在哪里呢？

为这些流浪汉们祝福，也祝福我自己。

选自《散文》2002年第8期

和诗人们谈情说爱

闫 红

王维：我只喜欢暗恋的感觉

朋友让我说我最喜欢的诗人是哪一个，我说是王维。

喜欢这个人可以有太多理由，从俗里说，他官至右丞，身份不凡，从雅里说，此人才华横溢，多才多艺，诗中有画、画中有诗就是从他这儿说起的，还擅长音乐，有个很著名的例子是他看见一幅演奏场面的画，便根据画上人的动作推测出他们正在演奏什么曲子，有好事者按照图上排演，果然如王维所说。这个故事当不得真，一幅画面只能表现一个音符而不是一段旋律，但从中可窥见王维必是在音乐上有很高的造诣，后人才敷衍出这样的传说。

更难得的是，这个人还漂亮，当年他到长安寻找出路，有人给他出主意，让他白衣飘飘，在某有权势的公主参加的宴会上演奏，果然引起公主的注意，后话不提，这里只说王维的风雅俊逸。

仅仅是如此吗？我不是一直标榜不在意那些表面化的东西吗？有才华的人多的是，有才华还漂亮的人也不少，有才华、漂亮并且身居高位的人可能要少一点，但这也构不成我对他情有独钟的理由，说起来，还是因为，他诗中显示出的气质与我的灵魂深深契合，是我在浮躁烦琐的日子想要飞至的境地。

年少时候在寂静的清晨读王维的诗：木末芙蓉花，山中发红萼，涧户寂无人，纷纷开且落。凉意侵入灵魂，再蔓延至骨骼，一颗心沉下去，沉到井壁青苔之间，愿意万劫不复。再读他的“轻阴阁小雨，深院昼慵开，坐看青苔色，欲上人衣来”，二十字间颠覆了时空，将短短一瞬变成了地老天荒。

王维的诗意是婉妙的，如女子低首敛眉的舞姿，王维的诗意也是强大的，如水墨山水的屏风，举重若轻间，拒绝了浮华与烦乱。

因为能够自力更生，我对金钱无所愿，因为见过的好东西多，我对才华无所愿，对于一个男人，我唯一的愿望是他能有让我安静下来的力量，隔着千年时空，王维让这样的力抵达我的心中。

可是，完美的是紧张的，我没法想象怎样跟这样一个男子谈恋爱，其次，作为一个不可救药的悲观主义者和怀疑主义者，我非常担心取消距离之后，完美的光芒消失，华美的袍子上涌出了虱子。再说了，我生性笨拙，总是手忙脚乱，打翻盘子，带翻椅子，宜静不宜动，若把一份安静的景仰变成生动的爱情，简直是扬短避长。

只能是暗恋，比如做王维身边的一个女侍，在他独坐幽篁中，弹琴复长啸的夜晚，坐在他的脚边，素衣、黑发，干净的额头与眼神，并坚持不发一语，在月光与竹影的变幻中，在琴声与长啸的交替中，我细若游丝地，感受着这个男人内心的静气与激情。

杜甫：是知己而非情人

一开始我以为我不喜欢杜甫，直到读到他的“朝叩富儿门，暮逐肥马尘，残羹与冷炙，到处潜悲辛”，那阵子找工作找得不太顺，看到这样的诗就非常有共鸣。接着我又发现，好的诗人很多，但是像杜甫这样勇于表现人生的尴尬与寒碜的诗人很少，人人都有冒充优裕的天性，最极端的是李白，再倒霉也得把豪情万丈的架子搭起来。

这一认同就很想找杜甫握握手，虽然隔着千年时空，并不妨碍我发挥想象力，想象应该是在某一个雨夜，和杜甫对坐而谈，一开始也许是泛泛的，徐徐地有了滋味，夜渐渐深沉，杯中的水添了再添，待到壶中水也已告罄，还是提起，倒出最后几滴，那姿势就如一句唐诗，说的是我知道壶中的水已经没有了，我知道我也该告辞了，可我还是勉力地斟上，可是我依然留不住这澌澌流逝的时光。斯夜明烛高照，草香透帏，室内的气氛是繁弦管急，然而最终仍然是鞠一个躬，告辞而去，想也能想得出，杜甫不是一个有侵略性的男人，他只是多情而已。

现在，这个多情的人遭遇困扰，他发现那一晚相逢的女子居然是平生知己，她能懂得他全部的哀楚，和他一样将这哀楚沉积、酿造，成醉人的诗意。更关键的是，她还算得美丽，和着她对他的理解，形成了一束突然照进来的光，无形，然而刺眼，杜甫慌忙把这光芒揽到衣襟里，从此，他的生涯里多了一分念想。

我猜想杜甫一定会给那个女人写信，写很多很多信，杜甫是个比较黏糊的人，从他没完没了地送李白诗就可窥一斑。当然他的信写得很好，有一种催眠的效果，女人看了总想回，真的当他是个情人，可若是再见面，常常见面，发现他的认低伏小，永远微微一点潮气，也许心中就要咯噔一下，因为不知接下来如何是好，对这个卑微的男人生起气来。

说到底，杜甫精神就是小人物精神，偶尔昂扬一下，也是因为身处过于卑贱，想跳起来，去够一个伟大的东西。这么说并不带贬义，真正伟大的作品往往是反映小人物生活的，因为再强大的人心里都会有一份自怜，这也是我喜欢杜甫的基础，可是作为女人，一定不愿意有这样一个情人，一夜倾谈，从此永不相见才是最好的结尾，可惜杜甫并不知道这个。

选自《散文》2002 年第 9 期

倾听黎明

席星荃

躺在床上，寂静中忽然有了动静。那是黎明的脚步声。

那当然是人的动静。总有一些人在黎明行动，弄出巷子里最早的声响。"春宵一刻值千金"，但这些人也许耐不住床上的寂寞，要加入这个世界的初醒。

世界从他们的脚下开始。

都是些什么人呢？

卖菜人的三轮车声

最早的要数乡下进城的卖菜人，他们的车轱辘在空空的小巷里颠出一些声音来。你躺在床上就能闻到他们的三轮车上各色蔬菜的清香，感觉到蔬菜上露水的凉气和泥土的潮湿气息。于是你猛然清醒，想到城外的原野上的天空，曙色正在到来。天际有微微的生命的亮色。一个生命，一个其大无比的生命——正在临盆……

卖菜人的车轱辘不断地响过去。黎明正在到来。

某种人的高跟鞋声

五点多，一阵清脆的高跟鞋声由远而近，笃笃而来。

在这宁静的黎明，在潮润的气味开始微微升起的时刻，我忽然就被这声音从睡梦中敲醒。仄耳倾听，这是略带疲惫的、却藏不住青春气息的一种声音。它有力量，有弹性，有均匀的节奏。躺在床上，闭了眼想象，可以想象出这声音的主人有何样柔软的身段，有默默的、慵懒的眼神。你不由得想到，这种年纪在这种时刻本应是酣睡不醒的，可是你不知道她为什么会这样的时刻出现在小巷中，也许她有什么特殊的事情发生了吧？

然而，后来这高跟鞋声重复地响起，在同一时刻，以同样的节奏、青春气息和疲惫，以及那弹性和力量。这种重复，使我有了些疑惑，我猜测一定有我所不知道的事情在重复发生。那是些什么事情？

有时候也有一些打麻将归来的人，他们结伙而行，吵吵嚷嚷。那高跟鞋声总是远离这伙人，有一份难掩的孤独与凄清。

清脆的高跟鞋声由远而近，笃笃而来，渐渐远去。

听着这年轻的高跟鞋声渐行渐远，笃，笃，笃，我知道，黎明正在到来……

遛狗女人的呵斥声

“过来！过来！”巷子里响起一阵呵斥，然后是片刻的宁静；再然后，呵斥重新响起。伴随呵斥出现两种脚步声：一种是人的，显得沉闷的；一种是软软的细碎的，分明是某种动物的脚步声。你正在疑惑，又听到呵斥：“过来！过来！揍死你个狗日的……”这回你听清了是一个中年妇女，原来是她清早出来遛狗。“过来！过来！过来了没有？你个狗日的！……”“狗日的”似乎不听话，这呵斥声就十分恼火，一直进行着，由近而远，渐渐消失在巷子那头。

养狗成风，无论穷富；养狗成为时尚，无论年少年老。可是富小姐和某种有钱女人是不会起早的，尽管她们也养狗，而且是真正娇贵的洋狗。她们的早晨另有用处。只有穷而且老的市井女人，才会一大早出来遛狗。可是，我不知道，她们的养狗和遛狗是寻找一种乐趣还是打发一种无聊？

黎明，多美好的时刻啊！

农用车的嘣嘣声

有时候，黎明的巷子里突然响起农用车的嘣嘣声。这是一种燃烧柴油而又不安装消声器的机器，响声特别刺耳。机器设计者是有理由的：农用车奔驰的天地是农村原野，响一点，吵一点，有什么呢？ 村人还怕吵吗？可是，现在农用车却进了城，在小巷中嘣嘣嘣地跑过，突兀而来，突兀而去，把人的脑仁儿一下子提得老高，又一下子扔回地面，从此，你再也睡不着了。看看天色，仍旧蒙蒙的。

这农用车白大不允许进城，被勒令做了夜晚行动的动物。开农用车的当然都是农民。农民与这个社会，似乎永远慢一拍，城里人看电视的时候，农村人正在听收音机；等农村人有了电视，城里人已换了彩电；等农村人看上彩电，城里人的彩电尺寸又大了。城里人淘汰的家具和电器，最大买主是农民。这一拍之慢成了他们必须被限制的理由，农民们被人正眼不瞧。可是农民不能不进城，他们需要城市，城市也需要他们：有种种的杂事，种种的粗活，等着他们来做。

其实他们中有很多聪明人，也比一半以上的城里人能干、能吃苦；但是许多城里人不承认这些。他们只知道不准农民白天开农用车进城之类，那是正当的，城里的主管部门是完全有理由的。

黎明，是留给农用车进城的最佳时间。

雀噪与鸡鸣

如果是一个太晴好的日子，黎明时你会听到麻雀的晨噪。

雀噪虽不十分悦耳，却是城市里的自然之声，它清润，活泼，自在，安详，表达着一种欢快情调。老鹰、喜鹊、斑鸠之类的大型鸟类躲避城市，只有麻雀甘愿与人类共同着高楼林立而空气污浊的命运。这令人感动，使人钦佩，只可惜它们的叫声略略有点儿纤细。但是，在城中清晨短暂的宁静时刻，在似睡非睡、梦境缱绻之际，这细碎清脆的雀噪在窗外响起来，小小的鸟影闪现在阳台的花光草色之间，这一幅情景多么叫人心安，那一个早晨便成了一个多么恬美的良辰！

想起在乡下的那些日子，睡在笨重的老式木床上，昏暗的夜色里飘荡着土墙的浓重气味，忽然，一声鸡鸣冲破夜之宁静，很快挑起了四方的鸡鸣之声，如潮似涌，从天边卷过来，拍打着天际的曙色，拍打着夜之帐幔。鸡声阵阵不息，那是很令人警醒的黎明之声。

后来便读到《诗经·郑风》里的夫妻对话：

> “女曰鸡鸣，士曰昧旦。子兴视夜，明星有灿。将翱将翔，弋凫与雁……”

妻子对丈夫说鸡叫了，丈夫却说天还没亮。妻子说你起床去看看吧，启明星又高又灿烂，天确实快亮了，在河边过夜的凫和雁要飞走了，你得赶快去弋猎……这是远古时代的一个片断，那时的人们亦耕亦猎，他们的日子与自然界血脉相通。这一对小夫妻的对话透着恬淡清新的气息，读着这诗，我不禁心生羡慕。

好久没有到乡下听鸡鸣了。而《诗经》时代的鸡鸣只能在阅读与回味中响起。

听一听黎明吧

听一听黎明吧！

黎明是每个日子的初醒与起步。它是时间的呼吸，是历史的脚步。从没有人类到有人类，黎明一直迈动着它的脚步，吐出它的呼吸。但是，在不同的时代，不同的环境，由不同的人听来，黎明是多么的不同啊。

听一听黎明吧，听一听黎明吧……

选自《散文》2002 年第 11 期

一对陡然长出的耳朵

薛林荣

当聂耳、冼星海等音乐家匆匆奔赴在民族救亡大道上的时候，有一个人无动于衷，他是瞎子阿炳。他无动于衷是因为他双目失明，而且不过是一流落街头的民间艺人，既不能上战场又不能在乐谱上作一些类似于《黄河大合唱》式的“宏大叙事”，但他有胡琴，有琵琶，有中年时因双目失明而陡然长出的一对更加敏锐的耳朵，还有一颗富于东方世界特有的宽广敦厚的悲悯之心，所以他把古老乡村民间乡里的听觉化作了晚近中国历史上最美丽凄凉和一唱三叹的音乐旋律，一首《二泉映月》，映出的是阿炳已经干涸但丰盈异常的一双关怀世道人心的眼睛，所以他是“宏大叙事”之外的永远存在的一个常数，一个能让不入流的艺人和贫苦百姓听见便感怀不已的温暖的名字。

阿炳在中国音乐史上的存在是奇迹。双目失明的阿炳总让我联想到双耳失聪的贝多芬。是不是经历了生命中最大限度的悬殊——如生与死、富与穷、无限的光明与无边的黑暗、一览无余的清澈和与世隔绝的混沌等等——的火与冰境界的人，才更加贴近艺术和生命的本体要求？

“聪明”者，耳聪目明也，这不但是健全生理的最低标准，也是艺术感悟的底线，但阿炳和贝多芬们居然便可以超越肉体的毁灭性的万千阻拦，到达寻常民间艺人和寻常古典作曲家望尘莫及的高度。艺术的极境不一定非要以肌体功能的部分丧失为代价，但一定与心灵内视和俯听的质量息息相关，与天才的顿悟和冥想息息相关。

我相信一个人内心如果常常掠过《二泉映月》或《梁祝》的旋律，那么即使面对悲苦的世界，他也构建着诗性的自我表达的空间；如果说常常掠过贝多芬的《第九交响曲》或德沃夏克的《自新大陆交响曲》，那么他肯定对痛苦置换的欢乐有极大的释放感；如果常常掠过的是冼星海的《黄河大合唱》或比才的《卡门序曲》，那么他一定意气风发，情绪高昂，有仰天大笑出门而去的豪情壮志了……音乐与人的对应关系如此清晰地洞悉了心灵的奥秘，这是不难理解的，可我现在怀想着《二泉映月》，我一直想着未有此曲之前，瞎子阿炳他那对异于常人的耳朵是如何陡然长出来的。

在日本侵华时颁给各地市民的“良民证’中，我看到阿炳的唯一一张照片，他的盲镜滑稽地斜挎在鼻梁上，似两个黑洞，他那时一定被妻子董翠娣用一根细竹竿或一把折扇牵着，神色苍凉而傲慢地走在无锡的大街上，身上背满了各种乐器。他听到时间在一分一秒地逝去，而听觉在一分一秒地清晰、变重、变厚，他隐忍的外表下掩藏着一种寂静和忧伤的聆听，他能听见黑暗中一部分嘈杂的欲念在慢慢离身体而去，代之以手指间滑出的一段和弦。哦，这个出身卑微的私生子，这个诵读过《道德经》且深谙以精神致魂魄的道士，这个无锡城里技艺最出色的艺人，他对生命的终极见解全凝结在那一对陡然长出的耳朵上．凝结在耳朵幻听出的《二泉映月》上啊，那是阿炳的全部，是他卓然独立于世俗民乐之外的高标。

选自《散文》2003年第1期

红水塘之夜

叶　静

仰望重阳

重阳日只剩下一弯残月了，登高的同事还没回来。

黑松林的上空，清辉淡淡，云影横斜。这个时候，乡下的老年人总会念叨：重阳无雨一冬晴，而在红水塘边，我们只能说：重阳又高又远。

一点儿听不见捣杵的声音，也闻不见糍粑和豆沙团结在一起散发出来的浓浓的民俗的香气，更不要说茱萸的气息了。几处昏黄的灯光，照出枯草叶上秋梦未圆的露珠和一两声蚂蚱的孤吟。

站在秋草的位置仰望重阳，登高的也许只有思绪了。斜月西移，时光渐进，就在一声轻微的叹息里，把“黄花分外香”的重阳删进了岁月的回收站。

又高又远的是古典的重阳。

塘埂上的孩子

一个小男孩坐在水塘的坝埂上，也就是说，一个小男孩坐在我的童年里。

他在数着自己的脚趾——小小的年纪，他在数着自己的心事。

在逃离灯光刚被月光照着的地方，他低着头，坐立的姿势就像一只厌食的青蛙。

抬起头来吧，小朋友？别在节日里生气，不必将小小的足趾数得太熟，不要撇开月光的温存。想想你长大的艰难，你就会抬起头来，他要看到红水塘的心胸竟是那样的开阔，你迟早要背熟”心事浩茫连广宇”的。

夜还不太深，你就多坐一会儿，让我在离你不太远的地方悄悄陪伴着你，当凉风拂起时，我们一同起身，朝着“灯火隔夜凉”的地方走去……

山鸡拍鸣

很久没有听到过山鸡打鸣了，偶尔听到，心里顿生出一种亲切的感觉。

乡下的山鸡隔着茶棵打鸣，四月的乡村被拍得情韵悠悠。

想不到这重阳之夜，大龙山脚下，竟有许多只山鸡彼此和鸣起来，声若朗笑，激荡夜空。这自然的夜籁，实在是越来越难得了，尤其是我们的听觉被塞得满满的时候，山鸡拍鸣不啻一盘上好的清洗带。

倾听山鸡拍鸣，觉得自己是走在回家的路上。

你听，山鸡没有方言，他们的啼鸣和我们共着同一组韵母。

白　碑

这里聚集着数不清的墓碑，只有一些在月光下能反光的白碑历历可见。

我明白那都是一些冰凉的履历，尽管有些简约到只有一个姓名。

一个姓名占据着一个小小的位置，一个位置保留着一份深浅不一的记忆。

我的目光从这些白碑上扫过去，好像在寻找属于自己的那一个。

我的白碑不应该安在大龙山下，它在行走中还没有找到自己的位置。

一个活着的人其实也就是一块碑，岁月早已给了他最终的墓地。

一些人有时候扛不动自己这块碑，在半路上就给它压垮了。

最小的碑就安在别人的舌头上，另一些人被这样的碑压死。

一车柴

从采石场上收晚工回来的民工，拉着满满一车柴。他们大声地谈笑着，像柴禾在灶膛里热烈地燃烧。

这是今天这个日子里最后一个蕴含着热烈情绪的意象，一车柴，可能使人想起白居易笔下的一车炭，或者是威廉·布莱克笔下的一车砖。

劳作者从来不放弃哪怕是一个很小的收获的机会，比如路边的一堆粪，坡下的一只松球，水沟中的一只废竹筐。一些微小而又可取的东西，只要一躬身，就得到了，殊不知这一躬，需要几辈子才能学会。

这是一车柴给我的启发，正如我前几天在大街上看见了一车稻草，虽然用板车拖着一车稻草招摇过市不够雅观，但起码让一些人重新感受到这已经是秋天了。

授　衣

凉意骤起。

这让我想起了《诗经》里的那件衣。“九月授衣”的款式已经大变了，不变的是时间：九月。

那时候，不知谁站在红水塘边上，他在想些什么，他一仰头，看到天空中除了星月，只有星月；我看到那缓缓移动的亮点，却是飞机。

我把衣服披在身上，慢慢向回走去。夜已经很深了。本来还打算回去再草成一章《与爱人一起散步》，看看表，罢了吧。

选自《散文》2003年第1期

古典虹关

张新华

一

我坐在古典的虹关。听着风。听着水。听着这极具江南情致的风和水古典如诗地流过茫茫苍苍的山野。

曙色将晓，清冷的月光却还挂在你这婺北的小村之上，拉长着山间宛若生命脐带的驿道，也拉长着山岗无限质朴的身影。

二

我如期地来了，我的虹关。

古樟的阴凉里，我曾惊鸿一瞥地读过你。读过你让我念叨一世都不能忘怀的风韵，读过你让我咀嚼一生都回味无穷的优美。

三

我来了，虹关。坐在你的樟下，读青苍的浙岭云卷云舒。读升腾的雾岚变幻着岁月。也读那碧澄的流水不止地洗濯尘世浮华的永恒和执著。

水边，那百步老街上的幢幢徽屋依旧古典而庄严。屋里的乡亲依然那么怡静而祥和。老茶泡开了，岁月的痕迹积淀在那把老泥壶之上，岁月的馨香却漫山遍野地绵延开去。

黄山谷走了，“陆不通车舟不水，步步穿云到龙尾”的诗情还在。朱夫子去了，“郁郁层峦夹岸青，春溪流水去无声”的韵致尚存。“一抹冷云遮半岭，千重古木满岩隈”，大宋的那个权邦彦来了又去，去了又来。亘古的足音都远逝了，青灰的山墙却一派宁静和悠闲。

选自《散文》2003年第1期

越剧里的爱情

钱红丽

家里的许多越剧磁带，都是奶奶留下的。老人家在世时，只等那咿咿呀呀的唱腔响起，一句，一句，声声断断……我就觉着自己失恋了，抓一把空气都能拧出水来，暧昧、潮湿……录音机里那鲤鱼精迟迟疑疑地说："他……他知道我是鲤鱼精，他还会爱我吗？"细细碎碎的声音，缠绵，曲折……若真失恋，又怎堪消受？

奶奶不在了，我很久都不听越剧了。

最近，上海卫视台，星期天的夜里，总有几场越剧的经典。裹着花袄，抱着暖手的水杯，望着窗外的细雪，长久地沉迷于那失恋似的韵味里……越剧是少不了胡琴的，婉转着，婉转着，慢慢绕过去，绕过去，再拖一个慢板，方可渐渐隐去，宛若掩卷后的哀叹声声。青衣水袖，招招式式，细入巅毫，秘而不宣，柔媚相济，灵慧照人。那一种方言，那一种不太易懂的江浙方言，好比烟雨里的江南，迷迷茫茫，一种挡不住的惆怅盖过去——像不像失恋？

舞台上，薄绸层叠的细腰，盈盈一握。服装的色彩多是鲜亮的，比如翠绿、湖蓝、绛紫、粉红、橙黄……纠缠着羞涩的腼腆的压抑的脸——强烈的反衬，搭救了我们的审美趣味，幽微，伤感。最迷人，是她们云一般的走步——抬起宽大水袖里柔荑的兰花指，挡住眉梢，轻移脚尖如蝴蝶，迟疑不肯落下，让我想起林徽因的一句诗："无意中，细雨点洒在花前。"——怕只怕，惊醒了一片正做着梦的繁花，总是，偷偷地从一朵移向另一朵，香风细细，嫣然百媚。

越剧，好比江南的悠长小巷，水乡里的一个甜梦，软糯，阴柔——雅淡的衣着，雅淡的妆，慢按的云板，慢打的鼓点，悠扬的丝管……那吴侬的软语，消磨了音节中所有的棱角。眯着眼睛，听着听着，就以为自己到了杭州，坐在西子湖畔。《红楼梦》，最适合躺在西湖边的摇椅上听。咯血的林妹妹唱："如今是知音已绝，诗稿怎存，把断肠文章付火焚。"

同样的一曲《梁祝》，我不大喜欢以安庆的黄梅戏唱。安庆的方言，忒土，尤其唱白，诗意尽失。以越剧的形式唱，便完美了——梁山伯终是来迟了一步啊，楼台会中，祝英台对他泣道："爹爹已把我许配给马家。"千回百转，寸断柔肠的。

待鲤鱼精吐出真情后，张珍还是要不由得暗自思量："人间难觅一知己，你纵是鲤鱼精……又何妨？"歌声未远，那鱼儿犹在不放心地自问："他……他知道我是鲤鱼精，他还会爱我吗？"

"绛衣披拂露盈盈，淡染胭脂一朵轻。自恨红颜留不住，莫怨春风道薄情……"这样的爱情，仿佛一个总也做不到头的梦，又如一朵将残的芍药，恹恹的有颓唐的美。

夜深，倦意一波一波地往上涌，我都快要闭上眼睛了。忽然，杜丽娘在那里自怜："只为这如花美眷，都付于断井残垣……"不同意别人以"春闺寂寞"这么恶俗的词来形容她——我就觉得杜丽娘，天生长了一颗妖娆的心，尖锐，锋利——她是那种喜欢把爱情往绝路上赶的姑娘。

明天还得早起，不看了吧。关掉电视，躺在床上迷迷糊糊地想，我们对于爱情的纠缠，仿佛与一条有毒的蛇打交道，结局总是被窒息。

幸好！我是属鼠的，天生怕蛇，一向绕着爱情走。

选自《散文》2003年第3期

逃　离

郭静娟

食堂的门口有一棵树，矮矮的，向着横斜里舒展出几根粗粗的枝条，短短长长，树干上随意地点缀着些浓淡不一的绿。每每傍晚时分，我从那里走过，看它在夕阳里静静站立，就像站立在油画里一般，说不出的拙朴和奇异。天边的云霞，有时绚丽，有时深沉，仿佛是多变的背景音乐，让它不变的姿态有了韵律，日日为我诠释着风格迥异的美。

有一天，我终于为它驻足，在暮色里出神。

学生时代的我们，没有生活，书本就是我们的天，不能沉醉，却别无选择，按照程式完成了一次次幼、小、中学生的角色转换，终于可以逃离书卷校园，狂喜远不足以形容心情，纵然有着同吃同住的上铺姐妹，但各奔东西的伤感，怎么也挡不住我们匆匆离去的脚步。踏入绮丽的大千世界，看到生活正热情地招手，逃离的快乐如山高如水长。

快乐只是一层薄薄的面纱，没有来得及细品，就被一阵流浪的风吹远了。

琐碎的日子流水无痕，夹杂着落叶缤纷。遥想生活的时候，它是美的形态，投身其中，才感觉锋芒般锐利。捷克作家米兰·昆德拉在他的小说《玩笑》中说：受到乌托邦声音的诱惑，他们拼命挤进天堂的大门，但当大门在身后砰然关上时，他们发现自己是在地狱里。生活有时就是这样的黑色幽默，让渺小的人们难堪无助。

只有逃离。逃离成了我们的本能选择，某个地方，某个人，某项工作，某种羁绊，只要感觉不再需要不再快乐，我们就变得脚步匆匆，张望起别处的生活，仿佛那里到处闪耀着快乐、自由、幸福、梦想的诱惑之花。可是，当我们怀着某种虚幻的愿望，极力想在生活的秋千上，荡到生命的最高处，最终回到的，却还是它原来的位置。

生活在我们逃亡的背影里开怀大笑。我们早已成了生活的一分子，无处可逃。

开始喜欢旅行，希望别处的风景时时宜人，以为陌生和距离会滤去尘沙，呈现哪怕不真实的美丽。在千山万水中惊鸿一瞥，在浮光掠影中雁过无痕，却只是偶尔惊艳，少有惊心动魄，兴味盎然而去，带着些许失落归来，风景地从来热热闹闹，只是没有我们逗留的理由。

心寂寞，世界所以寂寞。花开遍地，有人看到的依旧是满眼寂寥落寞。

想起最心爱的诗歌之一——王维的《竹里馆》："独坐幽篁里，弹琴复长啸。深林人不知，明月来相照。"羡煞了诗人有那样的勇气，逃出芜杂的尘世间，和明月为伴，和清风作友，自由地引吭高歌，仿若遗世人独立，静美之极。可在那幅想象的图画里，我常常咀嚼出百般的孤独，在空旷的世外山谷里无处遁形，竟让我有些不寒而栗。没有推窗邀月的情怀，没有把酒临风的洒脱，纵然逃到天涯海角，都是牢笼藩篱。可以逃离现实的喧嚣，终逃不了现代人那漫无边际的寂寞命运。

生活的网无处不在。

看着眼前这棵奇异的树，我明白，无需逃离。被刺痛着，也要承受。琐碎和锐利只是生活的假象，犹如玫瑰的刺，扎手之后是芬芳娇艳。

与其逃离，不如归来。

逃离是一种懦弱，沉醉却是我们最好的归宿。就像那棵树，独自站立，也可演绎风情万种，醉了路人。

生活不在别处，它躲藏在我们的心里，微笑着等待我们转过身来。

选自《散文》2003 年第 6 期

中国人与写字

王文元

可能汉人要算是世界上最重视写字的民族了。古代有条件学习的家庭，无不重视孩子的写字启蒙教育，一般孩子到五六岁时就考虑让他们操觚练字，从此，一辈子就再也与笔分不开了。武者刀枪，文者笔墨，都是中国人的终生随身之物。文者或许不谙刀枪之术，但武者十有七八也兼沾染笔墨（还出了张飞、岳飞等书家），足见写字对于中国人之重要。“文治”高于“武功”，这是华夏价值观中一个不可更移的原则。

书而成法，书法家灿若星汉，照耀着华夏文明进程，留下了大量碑帖、碑刻、书简等文化遗产。

古人认为字乃人之门面。字迹落纸，大致就可以断其才学，字如其人，十常七八。既然说“十常七八”，就意味也有二三例外。李斯，乃鼠辈小人，专事阿谀钻营，贬人褒己，为得到权力无所不用其极。然而正是这个李斯却是华夏书法的开山鼻祖，创造了集规范与审美于一体的隶书。李斯，其人鬼祟阴险、狡诈无常，其字笔力扛鼎，中规中矩，天差地别。其他如王莽、秦桧、严嵩、和珅等奸臣也都是名噪一时的书家。

写字让中国人痴迷，除了写字可以让人教化附身而外，还因为练字可以修身养性。专心于练字，如宿禅院，身心俱敛，进入一种忘我境界。写字对培养人的定力大有裨益。

以上是就传统情况而言，二十世纪以后，引进了西洋的钢笔与圆珠笔，毛笔逐渐淡出中国人的生活。设置毛笔课的学校越来越少。如今，毛笔在中国，远不如在日本普及。

毛笔书法文化式微，原因是多多。首先是受美国杜威实用主义哲学思潮影响，以“实用”定取舍。钢笔、铅笔等便捷的书写工具在“书写”功能方面大大优于毛笔，后来又出现了圆珠笔，比铅笔、钢笔更便捷，于是，圆珠笔便成为中国人的首选书写工具。从使用功能角度考察，钢笔、圆珠笔取代毛笔，合情合理，自然而然。问题发生在忽视了毛笔的书写之外的功能。中国人失去毛笔，等于失去了一种修身养性的有效方法，失去了一种艺术，失去了一个传统，也失去了流传数千年的文化认同。

如何处理实用价值与审美价值的关系，一直是严重困扰中国人的一个难题。总的说，古代的中国人偏重于审美的价值取向，现代的中国人来了个一百八十度大掉头，偏重于实用的价值取向。不仅表现在对写字的态度上，几乎对一切文化的态度都是如此。这在二十世纪有着淋漓尽致的表现。中国人在这一百年中几乎解构了所有的文化传统。毛笔书写习惯的丧失，只是其中微不足道的一个。主要目的就是为了给实用主义鸣锣开道。

二十世纪解构风潮，之所以如此迅猛，以至于把传统文化一扫而光，除了西风东渐这一客观原因之外，还得从中国文化的内部寻找原因。

“实用”与“审美”，本该结合起来，兼而顾之。然而总的说，中国传统文化一向重视审美而忽视实用，实用的文化往往被讥讽为“雕虫小技”，不为社会认可。而审美的倾向愈演愈烈。还是回到写字问题上来。以科举考试为例。中国人在书法上的“唯美主义”，严重影响到科举考试制度的生存与发展。到明清，形成一个约定俗成的规矩：书写不工整的试卷在初审时即被定为废卷，考生的资格即被取缔。书写漂亮的试卷才可能被考官相中。到清朝，唯美更是唯到了让人难以接受的地步：试卷上滴了一滴墨渍——哪怕只是一小点——卷子即为废卷。所以科场试子答卷时无不战战兢兢，如临深渊，如履薄冰。主管考试的大人们大概忘记了：科考，考的是学问，而非书法！

否终则泰，泰终则否。以自然科学为代表的实用思潮席卷华夏，中国人几乎没有什么像样的抵抗，就缴械投降了。

这种投降，与当初的过度追求审美价值取向一样，也是一种走极端，偏离了“中庸之道”。写字习惯的丧失就是这种走极端的牺牲品。也许现在我们还察觉不到什么，当我们“实用”的东西什么都不缺了的时候，我们就会察觉出，我们缺少心平气和，缺少道德修养，缺少高雅的游戏，缺少与古人的沟通，缺少美……我们抓起毛笔，想写字，但是已经不会写了。

我想，这种情景绝非我的虚构。

选自《散文》2003年第6期

哲学草

谢文合

我是怀着十分钦敬的心情观谒这一带灌木的。

它生长在我上班的路上，环绕着电视台大楼，蓬蓬勃勃的绿在蓝天下。云来共烟霭朦胧，日出与曙色交辉。涤风濯雨，承浴着星光与月光。刚见到它的时候是初夏。

我不知道它的名字，只觉得它像一位大师，昭示着广博的意蕴，给人以多方面的启迪，便名之为“哲学草”。

哲学草的叶子是对生的，每个叶柄托起三片小叶构成一个“品”字。平滑的叶面没有叶绒，不沾污一粒尘垢；圆润的叶边没有芒刺，不染指丝缕外来之物。清廉的叶子沐浴和风蕙露，汲纳天地之正气，酿成养分输给自己的母体。纤嫩的方枝棱角铮铮，不随狂风伏偃，不受暴雨播弄。圆融的主茎向四方分披枝桠，接受八面来风；天光云影，兼收并蓄，养育得枝叶葱葱茏茏，烈日下不萎黄，晨露里不浅褪，和和谐谐的一个整体。是造物通于古人之心欤，抑先哲有启于大自然之点化？儒学矢向于社会和谐，主张立身以品，智圆而行方。哲学草懿范彬彬，集品、圆、方于一身，通体文章，圣意备焉。

百草丰茂季节，哲学草顺承天时，自由地生长着，嫩枝渐渐伸展到楼窗护栏的半腰。面对着钢铁寄托，它毫无攀附之意。长到一定高度，便曲俯下纤腰向地面披拂，画出美丽的枝叶绿弧，在大楼四周形成一围绿瀑，葳蕤着劲力不竭的灵动，拱天揖地，谦和地自立于大自然之中。既没有因护栏毁折而累及的零落之虞，亦无木秀风摧之忧。实乃“谦受益”者也。哲学草无所恃，所以无所失；无所怙，所以无所惧。盈虚相济，善建不拔，俨然道家风范。

草木摇落之秋，哲学草不拒天取，把一片片叶子交给西风。遒劲的枝茎方圆交会，曲直相酬，款款地走进冬天，怡畅地掬霜揽雪，又是一派风度。它根部的土实实的、平平的，几处微浅的凹痕，是雨水潴留的记录。可知它的根是往土壤深处扎的，这也是它凌冬不死的原因。根本乃草木之心，草木失其根本便失其心。哲学草本一平凡草木，只缘心许大地，所以能固守一方热土。《华严经》里有一个偈子：

学道先须细识心，细中之细最难寻。

个中寻到无细处，始信凡心是佛心。

凡心佛心，实乃一心。只要秉持一心，立足之地即为灵山。

哲学草给我昭示了弥足珍贵的儒心、道心、佛心。然而，我仍有所憾，其犹如我心仪已久的女郎，我更急于一睹她俏丽的面庞。立春刚过，冰雪洁白的裙裾还翩拂着料峭的寒风，一串串细小的黄蕊已经初点春光，皴染上枝头，没几天便绽放成灿灿的金斓。梅花快要谢了，别的花还没有开，哲学草的花就开放在这个时候，像女娲补上了天的罅隙，使大自然变得完美无缺。它的花期不长，引得众芳踏上春畴，便功成身退，又变成一带绿围。堪合天地之德、四时之序。“先天而天弗违，后天而奉天时。”分明一方中国文化的玉版。

情之所之，赋得《相见欢》一首：

落梅倦了冬风，细云轻。初捻霞光谁倩，绘芳畴。川也静，树也静，陌园清。忽得晨曦边上，绽春情。

有一天，学生问我："老师，知道它的名字吗？""哲学草。""不对，迎春花。""迎春花？这就是迎春花！"——华夏皆生，而以冀州为盛。原来，我的哲学草不仅仅是一位布道者；还是一位普济天下之苍生者。《本草纲目》载：

迎春花（叶）

【气味】苦涩　平　无毒

【主治】肿毒恶疮

选自《散文》2003年第9期

度　量

许松涛

尺子是什么呢？不是度量某种器物最大的长。这里，我们去理解它，接近它或运用它，很可能是一件法律蓝本，也很可能是一种道德标准，更有可能是交往的限度。原来尺子并不是某个有形的物，它的单位可以是米，也可以是规范、戒律、评判的眼光。

度量总是从自身开始，以自己与他人的靠近并以自己为原点来延伸衡量、比较判断他人的长短。最好的办法是，在同一个命题下倾听来自他人心灵的声音，结果一定与自己的想法有所差异。是高出一筹，还是等而近之，抑或在自己之下，便可见出一把无形的尺子显露出来。这把尺子会告诉你，谁是你的朋友，谁是你的障碍者，谁可能会成为你的知己，谁的胸襟最广，谁的洞察力最强，谁站在你一边，谁会在你需要他的时候到来。尺子，并非是用来量体裁衣的工具，它早进入你的眼光，已经形成一道解剖事物深度的剪刀，带着最真实的答案。

有时尺子是一只酒杯，一段话语，一次行动。如果尺子的伸展仍有待于精确刻度的话，它是一种时间和时间位移里的特定言行，无意地来自精神裂隙的开阖，有利于一个人仔细地打量和分析语言中精神的成分，你就知道了尺子到底是一把还是无数把，所谓的尺子是依赖于别人的评判还是自己的设计打制。这样的尺子从来就是各式各样的，但它是在不断修改中趋于适合自己的，持尺者在衡量别人之时也被另一些尺子衡量，他的高、他的深沉与旷达。他所做的每一件事，都在改动或加深着尺子的刻度。尺子是活动的，它让我们发现，生活不仅是自己在选择自己，也是被别人选择。尺子，决定了爱与远离。概念，感觉，别人的意见……尺子是由众多味药炼就的丹，它的成分无限，你什么时候这样刻意打制过？连你自己也不会知道，无法知道自己的一把尺子到底融入了生活的多少况味。

更多的时候，我们是看见一把又一把尺子进入或退出。它让人看清等待与继续是多么必要。等待、静止等作为与不作为的积极意义同样显露出前行者的光辉。它任我们抵达一些事物的高度与极限，在能指与所指之间不留余地。由此，人们会从身边获取更多无穷的启示。一些所谓的暗示、隐喻，都必然裸露事物的全貌。所谓无视的结果之所以产生，倒是因我们的视力并非万能，这让我们发现自己的短和缺陷。平时，我们足以遇到许多令人高兴的事，谁又不期望处于高兴的状态之中呢？可是，必定有那么些人却永远无法停留在高兴愉快之中。这正是因为他们发现了别人没有引起注意的那些面，看见了社会与自然的优秀与伟大，而区区的人，一个小小的单元人，已经是多么无法企及以平视的高度了。

走进人群，可能没有一个知音。一只鸟飞入山林，山林是它的家，但有几只鸟是它的同伴？一滴水汇入河流，它一点影子也没有了。它展示的只能是融人的速度与分解的细密，但在河流之中，却再也看不见它具体隐身的明确标记。但是，这里有不可消失的“我”，它可能是那只鸟，那滴水或一个人。

人，你常想离群索居，但即使离开了也只是肉体的转移，一样无法为群体所消泯。即使真的脱离这个群体了，你还会有一份不同于他人的孤独。这份孤独便是你的灵魂。

选自《散文》2003年第12期

运送灵魂的那支乐曲

范晓波

对音乐过度依赖，让我唯心地觉得，当灵魂从肉体中缓缓退出，朝着宇宙这个概念的虚无内涵永不回头地飞逝而去时，任何人都无法帮我克服从光明转入黑暗那刻的没顶孤独，所有物质的东西都无法追随灵魂开始隐形旅行，除非它是一支温暖的乐曲。是的，只有音乐这种非物质的东西，能陪伴和运送比它更加虚无的灵魂，使它飞升的形态美如纸鸢，妖娆而安详。

而它绝不是我们通常在葬礼和追悼会上听到的那些玩意儿，也不是大师们创作的所谓《安魂曲》。我外公去世后，那几天，两个乐队比赛似的奏着“悠悠岁月，欲说当年好困惑”之类的曲子，感情倾向混乱。我想，亲爱的外公一定烦透了，因为他生前就讨厌听流行歌曲，更何况是这样例行公事的演奏。这样的音乐都是给生者准备的，以便酝酿泪水和惜别的表情。对于那个在黑暗中上路的人，这一切都来得太迟，恐惧和挣扎早已发生过了。

从二十岁起，我就开始有意无意地为自己寻找那支曲子。一开始，我比较倾心于《斗牛士之歌》、《重归苏莲托》这样辉煌雄壮的艺术歌曲。那时我生命力蓬勃旺盛，澎湃着为某种神圣的情感庄严地献身的激情，所以非但不惧怕死亡，还满脑子天才短命英雄短命的自我暗示。我设想的所有临界场景都发生在二十五岁以前，这是彗星燃烧得最耀眼的时刻，是海子们用生命爆破世人眼球的年龄。《斗牛士之歌》通过几个巨型音箱的放大，整个房间都盛不下了。音乐掀动窗帘，掀开死亡黏着在眼睑上的暗影，在涡流状飞舞的晨光中，我面含微笑，听见血通过弹孔或刀口汩汩地运走最后的体温。

我描绘的是经改良的某个电影镜头。我在二十岁出头的时候，只能接受自觉和悲壮的死亡，我认为一个人要拖到丧失了英雄气概时再去死是可耻的。这样悲怆的死亡，女性化的绳索、河塘里没有骨头的水，以及小人嘴脸的毒药都是配不上的，承接它的必须是钢铁，和一段像钢铁一样的音乐。

后来，一个最终成为我爱人的人拽着我走出了海子、三岛由纪夫等人布在我心里的那层迷人的阴影。不过我爱上爱情的代价是同时获得了对死亡的恐惧。在乡下，我曾经亲历过一个陌生老人的死亡，她躺在棺材一样黑洞洞的老式雕花床里，还没有咽气，空气里就飘满了纸灰和亲人的哭泣。那时我不替她的死担心，我担心的是，那样污浊的氛围，又没有音乐引路，她的灵魂哪里有路可逃？还有一次，在雨后的山上漫游，看到一伙人抬着一个漆着红漆镶着金边的棺材往深深的土坑里放，另一伙人呜里哇啦吹着难听的唢呐曲，我的恐惧大到了极点。心想，这样的音乐，岂不要把灵魂和肉身一起埋到没有空气和光线的黄土中去？

我的爱人比我小五岁，在这最后的事情上应该是可以帮到我的。我曾经告诫她：我死的时候，不要任何人打扰，但必须有清澈的阳光。你抱住我的头颅，让它比身体略高，以便身体里非物质的那个东西可以更好地升向空中。接下来的路程，就交给音乐去护送，它应该是《圣母颂》，是巴赫的而不是其他人的，用一百把小提琴缓缓拉出来。

这样浪漫的谢幕，恐怕连上帝都要嫉妒吧。我这样期望着，却一点都不敢当真，连活着的每一天都不能按计划行事，何况是自己已差不多失去了支配权的自然死亡呢？

但音乐肯定是要的。

前年冬天的一个深夜，我在一部电视纪录片里目睹了一个业余吉他手生命最后的冬天。他是西安一家破败小厂的办公室干事，曾获过省、市的吉他比赛大奖，但吉他华美的音色并不能改变生活凋敝单调的色彩。除了和同事打打麻将，就是整天抱着吉他，弹《镜中的安娜》。后来不甘牌友中一个暴发户的肆意侮辱，狂怒中用水果刀误伤人命，结果也把自己送上了刑场。这几年我看了不少这样的片子，但没有哪部像这个片子震撼我的心。可能还是因为音乐吧。他在冬日萧条的厂区无聊地仰望长空时，背景音乐是《镜中的安娜》；杀了人站在大街上茫然失措时，背景音乐是《镜中的安娜》；被执行前接受记者采访时（真人录像），背景音乐还是《镜中的安娜》，他看上去比冬天的枯枝还平静，微笑时露出的牙齿闪着手铐似的白光；最后那个场景是片子里没有的，但我完全想象得出：当子弹将北方冬天的寒冷强行注射进他的心脏的那个瞬间，背景音乐肯定还是《镜中的安娜》，因为这个曲子陪他度过了那么多寂寞的时光，和他的灵魂肯定是有默契的——它虚幻而空旷的美和一个爱美而卑微的生命的本质是多么一致啊。

这部纪录片给我带来的影响是巨大的，最明显的一点，我更深刻地理解和爱上了《镜中的安娜》。因为我觉得自己在这个世界，也是个骄傲而卑微的存在。对于现在的我，《斗牛士之歌》太年轻气盛了，《圣母颂》太圣洁唯美了，《镜中的安娜》

或许更接近灵魂的真相。

如果音乐真的可以制作一副灵魂的枕头，伴它在某个命定的时刻高飞和安睡，我三十二岁时为自己预订的那副就叫《镜中的安娜》，用吉他独奏。

选自《散文》2004年第1期

且说吃饭

瓦瑶河

吃是一生一世的大事。《史记·郦食其列传》中说“民以食为天”，孟子也说过“饮食之人，则人贱之矣，其养小以失大也”，前者的意思是天大的事也大不过吃，后者则告诉人们不能囿于局部而失其宏观。梁实秋则在《雅舍谈吃》自序中明明白白地说：“人吃，是为了活着；人活着，不是为了吃。”

生来皆有一张嘴，但当一个人拿起筷子和拿起牙签的时候，意义是不一样的，一个代表生存，一个是挑剔生存。

幼时家贫，上不了幼儿园，于是母亲的工厂便成了我的幼儿园。工厂在城北，中间横着一条河，要穿过连缀着城南城北的水泥桥，爬一个大大的坡，再曲折地走上一段，才能到母亲的工厂。每天清晨，我都跟着母亲去上班。在路上，碰到新鲜好看的蔬菜，母亲就停下来讨价还价买一些。那些翠绿翠绿的菜沾着水珠，拎在手上，至今仍清清凉凉。我拎着菜跟着母亲走在我们城市的早晨。母亲安然地由我拉着、拖着、推着，也笑着。上小学后，有时从桥上经过，还记得起在哪一节的桥栏上吐过口水，在哪一节与母亲怄过气，抓着桥栏要赖不走，及至母亲走远了，才期期艾艾地在后面跟着。母亲宠我，每天路过小十字街口那家粉馆的时候，都要给我买碗米粉，然后看着我吃。母亲喜欢看我吃饭，多年不变。后来我有了自己的家和孩子，她还是喜欢看我吃饭。她看着饭，又看着我，碗空的时候，便对我说："再添点，再添点。"我的脸常能感到她满布慈爱的眼神的爱抚。现在，母亲黯淡了，苍老了，但她的微笑和爱怜却一如当年。我还记得，每回在街上吃完，母亲总要叮嘱说，回家不能跟哥哥姐姐讲哦。

米粉是西南特有的吃食。我在西南长大，所以也可以说是吃米粉长大的。米粉和米豆腐是那个城市特有的早餐。二者皆取之于米，成之于米浆。米粉一指宽，白色，带状，厚薄不一。米豆腐为粒，形如马奶子，取自稠状米浆，经特制漏勺压挤在盛满冷开水的盘子里冷凝而成，故晶莹剔透，十分可爱。当然也有成丁或成块的，各凭所好。上等的米豆腐和米粉，其色白中见青，好比岫玉。这两种小吃，既可冷食，亦可水煮；可为正餐，亦可作副食解馋。味均以辛辣为主，上敷金黄肉臊或其他作料，色泽清爽怡人，引人食欲。因为对米豆腐的感念一直深藏于心，所以后来读到俞平伯"柔滑是入梦的唯一象征"时，便立即联想起米豆腐。小十字街口那家粉馆生意颇好，始终有人排队等候。直到今天，我仍能回忆起手持油腻非子排队的情景。其时，香气扑鼻，人声嘈杂，端了一碗热气腾腾的米粉占了座位，再埋头其中大快朵颐，是相当享受的一件事。吃的时候，总有一些乞儿立在边上等，或要钱，或等食残羹剩汤。这时每每就故意剩一点。母亲看出来，也不阻止，并不失时机地对我说不好好学习，兴许哪天就会跟他们一样。母亲的话，我想天底下的母亲都讲过。我一直不喜欢上学，后来我的人生充满曲折。从这件事我知道，生活确有主流和非主流之分，拂逆主流，便归入逆境，曲折渐生。不过也不后悔，因为在非主流的路上，我反而看到了许多循规蹈矩的人无法见识到的人生。

我生于七十年代，知事起，“文革”就结束了，生活好了起来，家境还是贫寒，我从小就穿补丁衣服，十岁上那年才穿上皮鞋。但尽管生活艰苦，却没挨过饿，对饥饿的认识也只来自于祖辈和父辈的讲述。早先，我的父母为了能吃上国家粮，拼命读书求学。学校离家很远，要自备粮食到学校，每天要算好定量，否则吃完了就得再想法筹措。这方面我的外婆和母亲体会更深。她们从殷实之家落得要讨饭的地步，所以一向节俭。外婆熟知许多野菜的做法，做的野菜没有涩味。外婆在这方面有很高的智慧。我相信这种智慧来自于民间。她做的小吃食，我屡屡偷吃后才知道是很不起眼的材料做的。我亲眼见她仅用西瓜皮就做出了上好的吃食。西瓜皮洗净后，将青色的那层皮剥掉，切成小块或细丝，洒上盐，佐以猪油、酱油、糖、醋、辣椒粉，或凉拌，或成汤，或晒干，都十分可口。然而外婆故去后，就再也吃不到了。

小时候的春天，院子里常有人结伴到山上挖野菜。挖野菜很有趣，吃野菜却因人而异。我不喜欢野菜的那股涩味和土腥味，别人津津有味吃着的时候，只是立在旁边看。我喜欢看人家沉醉在吃中的那种神情。老辈人讲，人饿极了，连人都会吃，人肉是酸的。还听过有人饿极了吃“观音土”，结果被生生给胀死了的事。然而这也并未亲眼所见，所以不好乱说。后来知道，一个地方越是会弄野菜，就越能证明这个地方曾受过饥荒，没有饥饿驱使，人不会挖空心思在野菜上经营。历史上很多耸人听闻之事，其实都是给饿出来的。

因为知道这些，很小便尊敬粮食，不敢随便撒饭，饭粒掉在桌上，也会捡起来吃掉。我曾看过韩美林的一篇文章，说他饿极了的时候，听到碗响或听到别人讲到一个“米”字，就会满嘴口水，浑身战栗，起鸡皮疙瘩。因为饿，这位艺术家顾不得羞耻，吃过人家酒后吐出的秽物。阿成《棋王》里的王一生除了象棋，最感兴趣的也是吃，他“听见铝盒的碰撞声，便闭上眼，嘴巴紧紧闭着。拿到饭后，马上就开始吃，吃得很快，喉结一缩一缩的，脸上绷满了筋，他很小心地将嘴边或下巴上的饭粒儿和汤水油花儿用整个儿食指抹进嘴里，吃完以后，他把两只筷子吮净，拿水把饭盒冲满，先将上面一层油花吸净，然后就带着安全到达彼岸的神色小口小口地呷。终于嚼完，和着一大股口水，‘咕’地一声儿咽下去，喉结慢慢地移下来，眼睛里有了泪花。”看到这些，我心里涌上悲伤和酸楚。吃饭是件高兴、快乐之事，但倘若面对米饭，流的不是口涎而是眼泪，这便是满含悲情的饮食了。

粮食是大自然的恩赐。人对吃要虔诚，对粮食要抱有尊敬之心，这在释、儒、道中都是被当作大义来抒写的。天底下的大悲剧，莫不是以百姓无饭吃而开始的。西安摇滚诗人张楚写过“请上苍保佑吃完了饭的人民／愿上苍保佑粮食顺利通过人民”。张楚是个懂得粮食的歌手，可惜，很少人注意他，就像很少有人真正注意过粮食一样。粮食从地里长出来是幸福，能被人毫无担忧地吃到肚子里顺利消化也是幸福。心里没有担惊，肚子没有恐惧，这是人生活的理想状态。“吃完了饭／上街逛逛／然后等待下一餐好饭”，我一直认为这应是庸常人间最正常的图画。

选自《散文》2004年第6期

多事芭蕉

张 瑞

中国的文人大多是喜欢梅竹兰的，固然这些都是气清品高的东西，但用得滥了，反而匠气，倒是芭蕉，逸气里有着亲切，家常里又带点桀骜之感，反是更讨人喜欢，有一点真率的东西在里面。

在画里，芭蕉与梅兰竹是不能一列的，倒是与瓜瓜果果的东西颇为投缘。当然，文人眼里的瓜瓜果果也不单是菜篮子里的瓜果，那是蕴含着出尘的意味的——越是家常的便越是要出尘，也就越具有了禅意。我们看齐白石的大白菜真是好，淡墨浓墨地一勾一染，简单到不能再简单，但简单里的逸气却又不是人人可为的了。其实，芭蕉较之大白菜，仙气本来更浓一些，这样反倒不适合齐白石的笔墨了。齐白石的笔墨有点像汪曾祺的文，都是很白菜味的东西，也是很士大夫气的讲究平和淡远的东西，像个遗老似的。丰子恺是弘一大师的弟子，自然也是慈悲为怀，儒雅温厚一类的人物。丰子恺倒是也真作了些很具佛性的诗文书画，但我真正喜欢着的，是他那幅“人散后，一钩新月天如水”，觉得诗倒仿佛天生是为画而存在着的，是这样一种浑融里漫溢着的禅意，没有一丝一毫的刻意为之，较之佛性，更是空灵。这真是好，但仿佛，这样的笔意，有点温润晶莹有余而率性狂放又不足，也是不适合芭蕉的。倒是书法史上有个“以蕉代书”的人物，酣畅淋漓的，正是蕉身上的那种气息。说的是那个“笔下唯看激电流，字成只畏龙蛇走”的疯和尚怀素，于寺庙旁植蕉百亩，每每大醉之时，便于蕉叶上翻墨倒海，此时，山风啸啸，蕉叶滔滔，那些游走的线条，如天地间游走的精灵一般，自由洒脱，狂放不羁，啸傲于尘世之上。

中国人的性情本多拘谨而内敛，能张扬的本就不多，张扬又能张扬出点味道的就更少。当然，魏晋人是颇为张扬的，但观之总让人觉得有做戏的成分，不够透彻。透彻的也不是全无，像刘伶，可惜越看就越让人觉得像无赖。率性的文人让人观之可喜，无赖文人只让人闻之可憎。倒是那个疯和尚怀素更本色一些，破衣袈裟，鞋儿破，帽儿破，芒鞋走天涯，像极了武侠里的异人，舞墨如泼，洋洋洒洒，又有着方外之人的狂傲，才正是芭蕉的那种韵味。

不过可惜的是，淋漓如芭蕉者，在画里，往往只有做陪衬的份儿，他们常常是要与樱桃、枇杷这些明艳的水果为伍的。“红了樱桃，绿了芭蕉”，要的是红绿参差的清新可喜。若是枇杷，则一定要染出色来，芭蕉到底只是一片或浓或淡的背景。

有次读到一则小文，是讲董桥的，题目是“红了董桥，绿了芭蕉”，观之可喜，真是俏皮得玲珑可爱。董桥的文字，本就精灵古怪又通身灵慧，本是像极了樱桃。董桥身上的那种现代士大夫气，恐怕也只有用芭蕉托着，才算出味。

当然也有故作风雅的人物，用芭蕉来嬉戏，小情小调的，虽也绮丽，但到底脱不了小家子气。比如清代那个叫秋芙的，就曾在芭蕉上题了诗，与她的夫君玩笑。“是谁多事种芭蕉，朝也潇潇，晚也潇潇。是君心事太无聊，种了芭蕉，又怨芭蕉。”

在芭蕉上题诗，历代都有，本也不是秋芙的原创，秋芙做了，只因为她是那种袅娜的人物，病恹恹地歪在床角，气若游丝的样子，但更多的还是紫陌深处的那种沉沉的没落味道，过于唯美了，反而不若李清照的爱蕉那么真率天然一些。“知否，知否，应是绿肥红瘦。”她本来就是心高气傲的率性人物，只可惜命不好，后半生给弄得那么阴气沉沉的。她的爱蕉，倒还是早年的口味——一个人早年的癖性，即便让岁月的尘掩了再掩，也还是要不时地露出来的。那次去漱玉祠，看古幽的院内那样的几株芭蕉，在北地，竟也活出一派淋漓，觉得芭蕉到底是很大气的植物，也难怪早就要切切地喜欢着。

选自《散文》2004年第6期

影人儿(节录)

张丽钧

心中有棵“向日葵”

看到这样一幅漫画:夜深,月明。月下的向日葵们都已眠去——追随了一整天的太阳,此刻定然是困倦了。但是,有一棵非凡的向日葵,却独自醒着,且举头向月,硕大的花盘塞满幸福饱满的心思。一个和我共同赏画的名唤薇的女孩,脱口叫道:“瞧这一棵向月葵!”我愣了一下神儿,心中涌起一股热流,瞬间淹没了这棵慧心的植物和这个慧心的女孩。

我问自己:“在我的心壤之上,是否也植有这样一棵弥足珍贵的“向月葵”?

是一点痴顽。那么多人都去挤一扇宽门,因为谁都看出了那里是更易于通过的。但是,就让一扇窄门留住我,就让我坚信这里其实是更易于我通过的。我被窄门长久冷落,像那棵徒然热情地追随月亮却吸收不到充分营养的傻傻的葵花一样,可,这并不妨碍我笑,并不妨碍我一点点预支着通过的幸福,滋养我原已丰腴的心灵。

是一份隐情。阳光下的表达无疑是炽烈有效的。我拟想过太多诗一般的台词,也曾企图通过琅琅的吟诵使你瞬息洞穿我花房一般繁丽的心事。然而我始终缄口,听任那些浪漫的词语内化成我生命本质的芳香。我神秘的气息，在月华如水的夜晚氤氲传递。我无眠，是因为我的爱永不嗜睡。在世界之外重新缔造一个世界，我遣一个比“向月葵”更为敏感痴情的女子住进去，直到住成美丽的女神。

是一个错爱。一开始就爱错了。爱就爱了，错就错了。最害怕那种“觉今是而昨非”的感觉，最害怕用今天的聪明去痛苦地订正昨天的错误。追随过谬误是让人痛悔的，伪真理永远不值得捍卫。但是，如果你是错爱了一颗星辰，错爱了一块土地，错爱了一段时光，错爱了一项事业，何妨将错就错？付出时是真诚的，你要收回自己的爱，最先被打翻的定是自己当初的判断力。你能不能使自己相信，假如“向月葵”坚守自己的错爱，月亮的心也能够燃烧。

…………

试一试，在你寂寞的心中种一棵超逸灵动的“向月葵”！夜深之时，月明之日，当平庸的向日葵们开始步入平庸的梦乡，让你的和我的“向月葵”悄悄举起塞满幸福饱满心思的硕大花盘，在月光深情的抚弄下，开始喁喁私语。

选自《散文》2004年第7期

端午节前记事

郑云云

离端午还有两天，秦家伯母就在院子所有的门前插上了艾叶，粽叶也在木盆里浸着了。满院飘荡着艾叶特殊的香，不明白这香气何以就能驱邪？鬼还怕香气么？毒虫受不住么？两千多年前的屈原，在汨罗江畔捶胸顿足叩问苍天时，艾叶就是三闾大夫歌中的异物么？记得小时候，每逢端午，祖母还会在我们的额上抹点雄黄，说是可以辟邪，一边抹一边就数落着白蛇娘娘都嗅不得雄黄酒，所以法海才能借了许官人的手破了白娘娘的修炼，何况小鬼毒虫？如今的我糊里糊涂地走在人世上，却不知世代相传的种种禁忌，是如何点点滴滴地失落民间。

那些门上的艾叶，都是院子里长着的。一大丛一大丛，长得比人还高，所以秦家伯母可以毫不吝惜地大把大把地摘。艾草丛里散落着很多细小破碎的瓷片，有的半埋土中，有的裸露在外，也不知经过了多少个天长日久，这是景德镇郊外随处可见的独特景色。晚上我一个人在院子里走，会看见一只只的萤火虫从艾叶丛里飞出，蓝盈盈的光一闪一闪，就像是那些碎瓷片中逸出的幽魂；这些美丽的幽魂借身虫儿在月光下高高低低地飞回人间，而月光下这个落寞的女子又是谁呢？谁会在萤虫闪烁，更深人静的夜晚，衣袂飘飘地游荡在这最后的田园？

我的工作间里，有我白日里画的一只镶器。四面器壁上，画着院子里的葫芦，葫芦叶下睁着圆眼看世界的鸡雏。画时去看院里葫芦架上的叶，发现那叶儿原来是片片向上铺展，并不像有些名家写意的那样大片地朝下覆盖。葫芦的生长原是蓬勃明朗，不似人心的常常晦暗。看着那院子里的葫芦一边开着花，一边就结了果，秦家伯母每天摘一个来炒，切成丝，碧绿碧绿的，吃进口中都是清爽。

其实，我也知道，哪里还有什么真正的田园。苦守土地的人和他们辛苦无功的劳作，早已失去田园的意义，只剩下被无端剥夺了牧歌的苦役。而躲避尘嚣的净土，如今哪里去寻？就是这窑场，也不过是我暂时歇息的地儿。

这些天画瓷时，我在桌边放一只小瓷碗，碗里盛着满满的栀子和茉莉，一入夏，院子里的栀子茉莉都齐齐开了，秦伯和秦家伯母怜我一人在外，知我喜欢，每天多多地摘下给我，弄得满屋都是花香，可以一直香到深夜。这样奢侈的日子，我是一天天珍惜着过。

白日里还画了一套茶具：茶壶上，一丛菊，一行字；茶盅上，一支菊，一行字。菊是瘦菊，三两朵而已，待烧成器，不过自斟自饮，花叶多了扰心。便有客来，也要是能够会心一笑的，才会亲手斟茶相待，这样的客，也只合两三位相宜。

想象那客将茶饮尽，会否握着茶盅细赏青菊：可是陶令醉眼中的高士么？可是易安幽叹下的人比黄花么？哦，字是“采菊东篱”，南山不见，东篱在哪？又是何处可采菊花？

那时的我必哑口无言。南山不见，东篱在哪？又是何处可采菊花！

抬眼望天，天阶夜色凉如水。虚空里，今世的莲花又何在？只有几行冰凉的字，一滴一滴，从天空落回人间。

有时想，人心到底是脆弱还是坚硬？是不是就像那些美丽的瓷，不小心轻轻一碰就碎，然而没有外来的暴力，即使埋入土中沉进海里，千百年后，却是依然洁白完整。

叹只叹红尘浊世，行色匆匆，还有谁会小心翼翼，手捧美丽的瓷器寸步留香？

满地碎瓷，散落在岁月深处，人心深处，再无从收拾起。

壶上的菊，是无奈里还给自己的一点可爱和温暖。端午逼近，我亦是只能拎着简单的行李，一步步重回我存身的城市。十九层的高楼，华灯初上。酒散人尽时，衣袋里，只有早晨摘下的花蕾还在独自飘香。

选自《散文》2005年第5期

这个世界很美

张全民

在浮华的尘世中，我常常是怀着乡愁的冲动从马思聪的《思乡曲》出发去寻找自己的故乡的。

我无数次地听过这首美丽而又略带忧伤的中国小提琴经典之作。

每当那如歌的思乡主题旋律从小提琴的弓弦之间慢慢地流溢而出时，我的灵魂仿佛马上从沉重的肉身中游离了出来，开始朝着故乡的方向行进。

于是，穿过漠漠的云烟，我似乎又看到了故乡秀丽的山水和深深的巷弄，看到了田野上自唐诗宋词里翩翩飞来的白鹭，看到了波光滟滟的江面上的渔舟唱晚，看到了梧桐树下夕阳影里父母期盼的身影。

我喜欢这种灵魂还乡的感觉，即使是跋涉千山万水，历尽艰难险阻；即使是幻梦一场，那叶归舟最终并不能真正在故乡靠岸，我也喜欢。譬如秋天的一个黄昏，夕阳沉沉地坠了下去，南飞的雁群从洒满余晖的天边缓缓飞过，长河边的芦苇在秋风中瑟瑟作响；譬如春天的一个夜晚，卧睡在老房子里，潇潇的春雨轻轻地敲打着鱼鳞般的瓦屋顶，夜航的船马达嗵嗵作响地从镇边的河流里经过。

还有，在有月亮的晚上，天地澄净，清辉四溢，仰望着夜空中皎洁的明月，而《思乡曲》的旋律正好渡着月光悠悠飘来，心中更是生起无限的美丽乡愁。才真正明白故乡之于人的意义还并不仅仅是一种地域上的眷恋和怀旧,更在于一种文化、一种精神上的血脉维系和灵魂回归。

听马思聪的《思乡曲》我的灵魂还常常在小提琴抒情的慢板中走进音乐家的悲欢人生,走进命运的变幻天地,去独自谛听一段生命凄美的绝唱,去独自品味一份困厄中爱的执著。

马思聪早年两赴法国学习音乐，主修小提琴和作曲。年轻的马思聪才华横溢,二十来岁就创作了著名的《内蒙组曲》,《思乡曲》就是其中的第二乐章。而后,他又写出了《牧歌》等许多优秀音乐作品,那些作品,不少都是堪称中西合璧的典范之作，都以高超的西方音乐技巧完美地表现了中华民族特有的审美情感和文化内涵。新中国成立后，他出任在天津成立的中央音乐学院首任院长。

然而不幸的是,在后来的那场"文革"浩劫中,马思聪也和当时的许多文化名人一样,无以避免地受到了残酷的迫害,有人用有钉子的鞋猛打他,有人在他劳动拔草时逼他吃草,辱骂他说:"你姓马,你只配吃草。"

不少人受不了肉体和精神的双重屈辱，最终没有跨过那道命运的门槛，悲愤凄凉地离开了人世。生性谨慎憨实的马思聪当时也陷入了深深的绝望之中，内心也时常萌生弃世的念头。然而,在不少亲戚和朋友的鼓励和帮助下,被逼无奈的马思聪最终鼓起勇气选择了惊险的逃亡，携家人历尽重重危难,辗转香港,流亡到了美国。

异国他乡，马思聪凭借着自己过人的音乐才华得到了应有的尊重,生活也过得比较安稳。然而戴着一顶"投敌叛国"罪名帽子而有家难归的他,内心却一日都不曾平静过,月夜寒灯,孤馆无眠,马思聪常常朝着故国的方向拉起他的《思乡曲》,

倾诉着他内心剪不断、理还乱的浓浓乡愁和生命悲凉之情。

在寄居美国二十年的日子里，马思聪创作了很多音乐作品，但其中的不少作品如独唱曲《李白诗六首》和《唐诗八首》，芭蕾舞剧《晚霞》等，都是怀国思乡之作，都无不寄寓了他对故国的深切怀念和对灿烂民族文化的无限思慕之情。

马思聪的女儿马瑞雪在回忆父亲时说，马思聪在国外时无时无刻不在怀念故国，每当国内有人去拜访他，他总是兴奋地问这问那，过后，又总是兴奋莫名，夜不能寐。

也许是一种宿命，艺术华美的背后隐藏着的往往是一种常人无法想象的凄楚和辛酸，文化史上不少艺术家都无不经受了人生的种种苦难，而后才在生命的砥砺中真正臻至艺术的巅峰。马思聪二十来岁就早已成功地写出了优美的代表作《思乡曲》，但没想到，命运还是让他在晚年尝尽了流亡他乡的颠沛和思乡之苦，真是如今识尽愁滋味，欲说还休，欲说还休。

在生命最后的日子里，一个晚上，马思聪听着贝多芬的《命运交响曲》，哭了，他还请求他的夫人不要理会他，让他哭个够，他流着泪说："这个世界很美！"

每每在听《思乡曲》的时候，倘若纷飞的思绪不经意间忽地触及到马思聪生命中的这个感人细节，我的泪水就会止不住地流下来。是的，这个世界很美，只有在内心里深深爱着故国和亲人，深深爱着生活和艺术的人才会真正感知到这个貌似无情的世界的美丽，才会在历尽劫难之后依然坚守当初的那份热爱并且由衷地生发出对于世界的感恩之情。

小提琴如歌的倾诉又回旋而来，我蓦然觉得有一缕来自故乡的春风。

选自《散文》2005年第6期

绿玉红尘

王春鸣

翡翠是一种坚硬的玉，很脆，它来自激荡的地底，是挣脱了灼烫的一抹冰凉。相传盘古死后，他的呼吸变成风和云，他的肌肉化成土地，而骨髓就变成玉石和珍珠，我爱的翡翠，正衍生于这样一个传说。因为远古，所以，除了美和珍贵，还有渺茫。

而它的名字，来自天空和森林。据说翡是一种红色羽毛的小鸟，翠是一种绿色羽毛的小鸟，它们的歌声宛如鸣玉，流转的眼波正像玉的晶润光泽。翡翠之所以被移用在美玉上，是因为它们的色彩和灵性彼此相似。

翡翠就带着这一切，不染纤尘地来到人世里。

有一个清暖的冬日，我又在文物商店看到了它。飘着小雪的午后，隔了一层玻璃，雕刻着古典花纹的玉佩，在呼吸的薄薄热气里，以它温润的光吸引住了我。穿孔里的丝绳已经不在了，一样事物太美太纯净，就没有什么可以匹配它，陪它终老。翡翠空空的心里，想念着旧人念过的一首小词，和缠绕着爱情的呼吸。站着，看着，我说不清心里的感觉，似有浅浅的甜蜜和伤痛。仿佛弄丢了那根丝绳却又将它牵绊在今生的人正是自己。于是还想起一种叫翠云的草，李渔说，“草色之最茜者，至翠云而止。非特草木为然，尽世间苍翠之色，总无一物可以喻之，唯天上彩云，偶一幻此。”我虽然没有见过翠云草，就像没有见过翡翠鸟一样，但我相信，它一定也是玉在这个世界的另一种幻觉，因为他们的灵性同样来自大地深处。

“作为一块翡翠，我表里如一静若止水。我什么也不理会，是为了给你机会，让你注意到我蕴含的光辉天生的珍贵。你看，就美。不看，收回。除了一个幸运而不觉得的你，别人都不配。我的样子很冷，等你的体温带来安慰。想拥有我的无瑕，必须用你的无畏，你应该明白我不改变态度也绝不后悔。你要，就给。不要，就碎……”翡翠的歌声落在外面的大街上，雪落着，梦一次次给鸣笛，绿灯，人行道的喧哗惊醒。为了这纷扬的红尘，翡翠，总是天生有泪水的形状，和冰一样脆而锋利的质地。

时光苍茫，却从来也没有这样一枚绿玉，悬在我的红尘岁月里。一滴凝在繁琐尘缘中的泪，始终是一个跌落的姿势。用尽这一世，我分给它温暖，它还我以清寒。

选自《散文》2005 年第 6 期

晋级随想

张彬彬

当宣布副高评审通过时，心中应有的快乐被一片茫然所冲淡；忽然觉得，此前为获得这个级别所做的任何努力、所生发的无数烦恼、所派生的种种愤怒，都是那么毫无价值。评上副高，不过是工资长了少许，名义好听一点，而我还是从前的我，并未因晋级而与从前有什么不同。悟出了这一点，忍不住劝那些至今仍为职称伤脑筋、费心血的朋友：别把它看得太重，你是半斤八两不能因职称高低而有丝毫改变。可朋友反诘道："敢情你评上了，饱汉不知饿汉饥啊！"

是的，我没评上职称时，不也是那苦苦求寻、你挤我压、你争我夺中的一个吗？人在获得满足之后，再去奢谈别人眼巴巴地希求的东西，看不出有什么过人之处；若是那一无所有中的一个，去超然地看待宠辱得失，那才是一种智慧。

我的一个大学同学，从相反的途径，与我取得共识。他曾像许多循规蹈矩的人一样，为脚尖所指的方位而亦步亦趋地奋力拼搏，当他遍体鳞伤地败下阵来，这个连做梦都在评职称的老兄突然产生一个念头：我图个啥？仅为求得别人的认可么？这种认可害得我好苦，我不要它行不行？这样一想，他顿时觉得心中搬掉了一块无形的石头，代之以一种奇异的东西灌注他的身心；他觉得神清气爽，心里变得清亮亮，血液在血管里像清澈的小溪在流淌，头脑里洒满金灿灿的阳光；他觉得他又还原为从前的我；一个为过眼烟云似的荣誉而活着的异化了的我，从他的灵魂中驱赶跑了；一个真我诞生了；他像脱胎换骨一般，思路特清晰，口齿特伶俐，包括轻松欢乐的情绪都回到自己的身上了。他不用再为评职称而处心积虑地赶写自己不感兴趣的论文，他不必再托朋靠友将自己的研究成果磕头作揖地拿去评奖，他不用见到评委点头哈腰、装出个不太自然的微笑，他不用担心拍马屁拍到马蹄上让人家尥一蹶子；他活得不再窝囊、底气不足，他开始恢复了自信，活得理直气壮。许多人用奇怪的眼光看他，暗中叫他怪人。是呀，用世俗的眼光看，不求晋级的人，还不等于傻瓜、缺心眼吗？他对这些人不理不睬，投入地研究自己感兴趣的课题。

微观地看，人生短暂，仅那么六七十年，至多百十来年，若中途有什么意外，恐怕还活不到那么久。而这中间有多少人是真正为自己活着？有多少人真正找到了自我？为向上爬搅尽多少脑汁？为挣大钱煞费多少心血？到头来还不是跟所有的人一样，都是同一个归宿？所以古人仰天长叹："念天地之悠悠，独怆然而涕下！"

宏观地看，这个世界上有那么多难解之谜，金字塔建于何人之手？玛雅文化何以那么先进？也许在史前的地球上便有人类，天体运行中，什么星宿碰撞了地球，毁掉了史前的人类和建筑，而有些现在解答不了的谜就是那时留下的蛛丝马迹。地球在太阳系中很小很小，而人类在宇宙中比尘埃还要小无数倍。没准儿在地球附近的地方有更大的生物看人类，就像看着满地的蚂蚁。尽管蚂蚁王很威风，可那巨大的生物一个指头就会将他摁死，而蚂蚁们并不知道，还在那排着长队运输食品，有根骨头便争先恐后地爬上去啃，为了争一个小米粒，会你咬我嗑，打破脑袋。这一切，在人的眼中看来多么滑稽？而若有一些巨大的生物看着人类碌碌庸庸地生活，会不会也同样觉得可笑呢？

我这样说，不是说人活着就没什么意思了；造物主在地球上造出了白皮肤、黑皮肤、黄皮肤的小人，怎么会没有它存在的价值呢？鱼有鱼的乐趣，不然它怎么在水里游得那么悠然呢？鸟有鸟的乐趣，不然它的歌怎么唱得那么动听呢？老虎有老虎的乐趣，不然他们为什么打扮得那么威风呢？人活着也有人的乐趣，只不过快乐的多少有所不同罢了，不然怎么有人说，好死不如赖活着呢？不过，人是有思想的，人从一出生所接受所奉行的都是几千年来文化传统所规范下来的东西，包括知识的承继、行为的规矩、观念的形成，而属于自己天性的东西却常常受到压抑。一个女人一出生就按照女人的样子去塑造自己，一个男人要按照男人的样子塑造自己，当了官就要摆出架子分清上下尊卑，做了家长就要有大人的样子区分老少长幼。假如没有各种规则束缚，而只是随着自我心灵的引导，将所有的传统文化融成自己的东西，顺其自然自由自在随意地活着，那才能活出一个真实的自我，那才能领略人生的一种境界。

话又回到职称。我已评上副高，对丰富我的人生阅历也许不无意义，而对我实现真实的自我究竟有多大的意义就不好说了。这也许是因为我已经得到了。对于我仍然没有得到的东西，我会像劝别人那样，而自我放弃吗？评上了副高，还有正高在招手呢！它像一个飘飘欲仙的少女，在不远的林子里若隐若现，向她跑去，她一会儿躲起来，一会儿露出一袭纱巾，在你很累很累，想弃之而去的时候，她又蓦地露出半张笑脸，诱得你磕磕绊绊执迷地穷追不舍……像上西天取经的唐僧，经过九九八十一难，你终于捉住了她，可你的头上已爬满了银丝，脸上刻满了皱纹，回望来路，正高是得到了，可自己做了多少自己喜欢做的事情，又有多少可告慰自己的业绩呢？可想改变自己，再展宏图，已力不从心，再往前看，已到了墓地门口，岂不追悔莫及？

我认识到这一层，有点晚了，可总该庆幸认识到了。在这一瞬间，我突然有了一种新生的感觉，许多自己乐于做的事“嘭嚓嚓，嘭嚓嚓”踩着迪斯科的鼓点踱到我的面前，我的血液不再像从前那样凝滞呆板地流淌，而像注入了黄河长江，变得有色彩有浓度能奔腾能咆哮了，我的心胸不再只有几株干瘪的小树缺乏绿色的生机，而是有蓝天有大海有林涛有鸟鸣，包容了五彩缤纷的所能想象的整个时空。我做事能沉下心来，见人不再有不情愿的假笑，说话不再左顾右盼，行动不再瞻前顾后，畏首畏尾了。朋友们说我越活越洒脱了。

选自《散文》2005 年第 7 期

赶　考

惠　雁

儿子入初中，几经托人，才能够参加一场入学考试；我在考场外慢慢走着，消磨自己内心的疲倦和焦急。

一个记忆恍然就在这踱步中醒过来，针扎了似的。

长途客车上，一个蓬头散发的女孩子枕在一个瘦削的中年人肩上，睡着了；那个中年人穿着一身布衣，——不用问就知道是家境极其平常的农民。

那个安然昏睡的女孩子就是十五岁的我，我依靠着的父亲要带我去离家几百里的城市参加一所中专学校的英语口试。

一路上我都在昏睡，靠在父亲的肩上睡得我口角流出了口水。

父亲带着我住在同村一位在这个城市里做了官的人家。在他家里，我第一次吃到了那样鲜美的牛肉面，第一次盖上了像一片轻柔的羽毛的缎子薄被。饭后我就去看书，只要一册课本在手，我就会忘了一切不自在，更何况还有父亲在身边。在我少年的记忆里，凡是去城里亲戚熟人家里吃饭，哪怕只是一个小时，我手里也拿着课本，课本是我去人家做客的一支拐杖，仿佛唯恐别人查证一个农民的孩子待在城里的理由，课本是我在城里行走的证件。

有课本在手，又有父亲陪着，我甚至记得他家阳台上，早晨总有灰色的鸽子跳上来，咕咕地叫；记得我拿一个小板凳坐在阳台上，仔细地望过那一片陌生而广大的城市。

我隐隐听见了父亲和那位做官的同乡在说着口试时找熟人的话。

一个多月后，坐在高一课堂里的我，突然得知了自己确实并未被录取的信息。

三年后，我终于如愿收到了当地比较有名的一所大学的录取通知书。亲戚邻人都来祝贺，那时候，村里考上大学的农家子弟还很稀罕。客人走后，父亲光脚坐在院里的大石桌上，语气轻缓地叫我到跟前，要我给那年上城考试时寄居在他家的那位做官的同乡写封信，父亲吸着烟，说，你就写……他吐着烟，以他有限的初中文化水平字斟句酌，那从容斟酌字句时的幸福表情，我到现在都记得。

夏天的夜晚，月亮很亮。阔大的月亮底下，父亲从容舒缓的语声中，我仿佛看见了父亲那年和那位做官的同乡在夏夜谈话的情景。

——踱步在考场外，我担忧儿子，想念父亲。

至今，我没有听到父亲说过一句当年供我读书的难处，我只记得父亲对躲在县中学一棵大树后面哭泣的我说，憨着哩，考上了怎能不上呢；我只记得布衣布鞋的父亲带我去遥远的城市赶考；我只记得每次离家去学校时带够了学费，临走时父亲往往又叫住我，从身上掏摸出几张折皱的角票再递到我手里，我惊讶地接过，欢天喜地地跑了。

岁月往前走，在一个路口，一个停留处，总是会梦醒似的发现当年不曾记得或竟然是毫不觉察的父母的深恩。这样的发现总是让我惊心，我原是这样的无知。

前行的路上，抚养儿子成长的路上，一处处深藏着父亲母亲的深恩；母亲父亲当年将这样的恩情深深埋藏，让他们无知的女儿一次次碰触这人间的珍贵，收获这惊悚无言的感动。

在考场中的儿子，何时能懂得我此时的心情呢，怕也要在二十多年后的某一个时刻吧。

选自《散文》2006 年第 8 期

时间在哪里

吕 游

我曾认识一位少年，他非常羡慕一千万富翁，而年已八旬的富翁却十分羡慕这位少年，反说少年比他还要富有。孩子瞪大了眼睛，始终不知道自己到底“富”在哪里？也许少年将来会明白，富在时间里才是真富有啊！

在这个世界上，一呼一吸、一步一行都与我们紧紧相伴的，除了空气，只有时间。我们坐车，车轮里转着时间；我们吃饭，嘴里嚼着时间；我们饮茶，茶水里泡着时间；我们睡觉，头底下枕着时间；我们垂钓，鱼竿上钓着时间；我们撰稿，笔尖下流着时间；我们寄信，信封中装着时间；我们弹琴，手指间弹着时间；我们读书，读的其实全是一块块凝固的时间。就连你数钱，不也正是在数着那一秒又一秒的时间；就连你喝酒，不也正是在喝着那一分钟又一分钟的时间？！

就在我写这篇短文时，又有一大堆时间悄悄挤满了我的稿纸，使稿纸仿佛也变得有些沉沉的了……

大地长满了时间，眼前开满了时间，而我们每一个人的手上也都握满了时间，手起手落间，常有一大把时间掉下来；你不经意中迈出的每一步，都是一截时间……须常问问自己的是：你是踩着这些时间，还是捧着这些时间？！你是让时间收割你还是你去收获时间，你是让时间把你雕刻还是你去雕刻时间？！

我家东边不远处有一片小树林，平时，我总好去那里散步。一天，我猛然发现，时间不就生长在这每一棵树木中吗？年轮中藏着一圈圈时间，枝叶间长着一片片时间，树底下扎着一根根时间……难怪小树苗价廉、长成参天大树后昂贵，恰如一件瓷器很普通，几千年后却成了宝，这不正是时间的价值么？到了秋天，果树上、葡萄架上常常会结满累累果实，那结满的不正是一串又一串、一嘟噜又一嘟噜沉甸甸的时间么？那天，我忍不住摘下几颗熟的、半熟的、青的、虫啄过的果子分别尝了尝，仿佛忽然尝到了时间的味道——时间，原来是甜的、酸的，还有涩的、苦的。

选自《散文》2008年第10期